ぐうたら生活入門

遠藤周作

角川文庫
21090

狐狸庵山人

北　杜夫

狸の大王の化け損なった人物、狐狸庵山人は、俗塵を離れ、今日も筧の水音に耳を傾けつつ高遠なる思索にふける、と思いきや、この御仁、俗塵が大好きで、心根優しく、かつオッチョコチョイ、東に悩める乙女あれば、行って悩みを聞いてやり、親切すぎてあとあとまでつきまとわれ、西にお好きな女優さんのテレビあれば行って無理矢理出演、視聴率ぐんと下げ、それでも演技賞ものとほざき、南に高級料理店ひらけば、行って玄関口など覗き、人に会って言うことには、ああ、あそこの店なら四十回ほど食うた、北に病人あれば、行って焼栗など与え、人に会って言うことには、めろん五個を見舞うてやった、かくのごとく、一つのことは十、十のことは百としゃべりかつ書く性《さが》なれば、人呼んでホラふき狐狸庵、しかし今日も武蔵野の野辺に佇む山人の心、君知るや、行く水、帰る雲にかげりを落す玉顔、そぞろに奥ゆかしくも寂し。

目次

ぐうたら生活入門

人生ケチに徹すべし

後悔しながら浪費する人たち

フランス人のケチ

リヨンという町にいた時、夜、遅くまで本を読んでいると、下宿の奥さんが部屋に来て、

「夜ふかしは体に毒だよ」

と心配してくれる。それでも読み続けていると、

「寝ないなら、お前の健康のため、あたしが電源を切るよ」

健康を心配するという口実のもとに、パチリ、電気を消してしまうのである。

真っ暗にされれば寝ないわけにはいかぬ。しかし子供じゃあるまいし、九時や十時に灯を消されては仕方ないから、翌日から、本を持って近所のカフェに行った。

だが婆さんは私がカフェに行くことには文句は言わない。言わないところをみると、彼女は私の健康を心配してくれたのではなく、電気代をケチっていたのである。かねがねフランス人はケチだと聞いていたが、そのケチにぶっつかったのは、これが初めてであった。

だが、そのうち次第に、この婆さんだけではなく、フランス人の中産階級は大体においてケチであることがわかってきた。ケチという言葉に語弊があるならば、ムダ遣いをしないと言ってもよい。とにかく、ムダ遣いをしない。学生を例にとるならば、本さえあまり買わない。では本はどうするかというと、図書館をできるだけ利用するのである。

自信のなさが浪費を

私はその時、私をふくめてこの国にたち寄る日本人旅行者が、はなはだゼイタクであることを知った。もちろん彼等は旅行者であるから金をパッパッと使うのは仕方ないのであるが、その使い方を観察していると、フランス人にくらべてはるかに浪費している。使わないでいいところに金を使っている。たとえばレストランに入って、フランス人なら一割しかチップをやらぬのに二割はずむ。地下鉄なら二等に乗ればいいのに一等に乗っている。わずかな金額の差だと言ってしまえばそれまでだが、やはり浪費である。

そこで、私のような男にもハタと膝をうつものがあった。浪費の感情の中にはいろいろな理由があるが、その最も主なものの一つには「自分にたいする自信のなさ」があるのではないかと。日本人が海外においてゼイタクなのは、一種の劣等感のあらわれなのではないかと。日本にいる時にざるソバ一杯で百円札を出し、おツリが十円足りんと言って真っ赤になるオッさんが、花の都、パリでは、

「とっとき給え、チップだ」

二倍のチップをボーイにはずむ。

「メルシー・ムッシュー」

そう言われて嬉しがっている心情には、白人国に旅行している日本人の背伸びした姿勢がたしかにひそんでいるわけだ。浪費の中には虚栄心とともに、自信のなさがこの場合にたしかにあるのである。

そう言えば、女の子とデートした時の男の浪費の仕方にもこの心情が働いている。たとえばこの私を例にとろう。私は平生、映画なら八時以後を狙って行くような男である。夜間割引という札が切符売り場の窓口にかかって二割は少なくとも安くならねば映画館には入らん。

そんな男がたまさか女の子と映画館に行けば無理して指定席だ。指定席七百円ナリ。映画が終わって外に出ればすでに日暮れて真っ暗。おなかがすいたわと彼女がのたまう。おのれ一人ならば、屋台のラーメンで腹の虫をおさえるのだが、彼女に上品なところを見せるため Restaurant と書いた店に入る。白いテーブルに白い壁。

諸君も経験がおありだろうが、こういうところのボーイが意地悪でねえ。女の子づ

れの男とみると、わざとうやうやしくいんぎんに頭をさげるものです。わけのわからん料理を並べたメニューをさしだし、わざと一番、高いものを指さして、

「ブタペスト風オニオンスープとボルドー風シチューはいかがでございましょう」

「ああ、それでいいだろう。それを持ってきてくれ給え」

こういう経験あるでしょう。ブタペスト風オニオンスープか何か知らんが口に入れても味けなく、心の中では、映画代七百円、それに料理二つでどんなに少なく見つもっても千八百円はとられるぞ、合わせて二千五百円か。おれはバカだ。浪費家だ。ムダ遣い屋のだらしない男だ。惜しい、じつに惜しい。そう思わなかった男性は世の中に一人だっていないはずはないだろう。

もし彼が——いや私が、自分に自信があるならば、たとえ彼女をラーメン屋に誘っても、わが高尚な人格、上品な趣味をみせると思ったであろう。

だが自分はそのような高尚な人格者ではなく、ビキニ姿の娘を見れば胸ドキドキし、鼻クソほじくって指先で飛ばしては喜ぶような男であるゆえに、彼女の前では上品なところを示すため、無理してレストランなどに入ったのである。海外における日本人の浪費と女の子づれの男の浪費にはこのように共通したものがあるのだ。

貧乏人ほど浪費家

金持ちほどケチで、貧乏人や田舎者ほど浪費家だという言葉があるが、いかんせん、この言葉はある意味で真実だ。

「おい。ここはおれに払わせろよ」

「いいよ、いいよ、おれが払うってば」

「なにィ、お前はおれに恥をかかす気か。ここの店はおれの縄ばりだ。おれが払うのが当たり前だ」

よく飲み屋でいい年をした男が大声をあげて喧嘩をしているが、おれが払う、いや、払わさんと言うような連中はたいてい、そう金には縁のない顔をした連中である。おれの縄ばりもへったくれもない。彼は自分を金がない、ケチだと思われたくないからおごる、おごると言うだけである。これが金持ちだと、ワリカンでいこうと平然と言える。自分のふところに自信があるからである。

こう書くと私はいかにも浪費家を軽蔑しているように聞こえるかも知れないが、じつは私は自分と同じようにオドオドしながら（つまり本当はケチなくせに）、わが自信のなさから浪費してしまうような人物が大好きなのである。

徹底したケチ精神

私のような男は浪費をするたびにチェッ、チェッと舌打ちをする。女の子におごっ

たあとほどこの舌打ちが激しくなる時はない。ああ損したと思う。そういう私を親友のAという男が叱りつけて、

「人間、ケチの美徳を学ばねばいかんで。おれなんか大阪の生まれやさかい、ケチがどんなに立派なことか子供の時からしこまれた」

彼は私にケチ訓練をさせるためにデパートに行けと言う。Aはときどきデパートに行くと、まず、地下の食料品売り場に行って酒の販売しているケースの前に立っていると、

「いかがですか。菊吉宗でございます。試飲してくださいませ」

Aはこの試飲酒をチビチビやったあとありがとうと一言、言ったまま、今度は出雲ソバを売っているケースに近づく。ここも出張員がソバを宣伝するため試食させる。それをパクパク食って、今度は書籍部に行き本をタダ読みしさらに大食堂にのぼって、床をじっとながめていると必ず、色つきの丸い札が一、二枚、落ちているものである。その札をサッとひろって、何くわぬ顔をしてテーブルにつき給仕の女の子に渡すと、ホットケーキを持ってくる。これで終わりかというとそうではない。ふたたび売り場をまわって今度も床を見張りし、客が落としていった買い物レシートを拾っていく。このレシートを中小企業の店に持っていくと税金落としの材料として買ってくれるからである。

ケチもAからこう聞かされると、私には非常に辛い精神的努力のように思えてくる。こんな努力をしなければならぬくらいなら、私はやはりチェッ、チェッ、損した、損したと後悔しながら、気の弱さ、自信のなさから浪費する連中の一員になったほうがまだマシだ。

あなたはケチか、浪費家か

ところで諸君はだれがケチか浪費家か、すぐわかる方法を知っているか。第一の方法はその相手に親指をうしろにそらさせるやり方だ。非常によくそるやつは浪費家であり、いくら力を入れても指の直立しているやつはまずケチである。

第二の方法はその相手に便秘症かどうか尋ねることである。精神分析の医者たちによると便秘症の人は大体においてケチだそうである。つまり彼の胸の中では、おのが物は何でも堅く握りしめておこう、決して外には出すまいぞという心がたえず働いていて、それがたとえ自分のウンコであれ、体外に排泄して人手に渡すのが惜しうてならん――こういう心理がおのずと彼（彼女）を便秘にするのだという。

私の実験によると、この説は決して眉ツバではない。だから、

「あたし、体は丈夫なんですけど、毎朝のものが出にくくって」

やせ型で、そんなことをいう女性がいたら、ケチだと思って差支えない。

語るにたる〝気の弱い奴〟

よく、その心情、理解できる人たち

一匹の虫

これは賭けてもいいですがね。この「本」の読者の七十五パーセントは「気の弱い奴」でしょうな、なぜかって。理由は簡単です。気の強い男はこんな本など買って読まんからです。そうじゃ、ありませんか。諸君。

わが人間観察によると、気の弱い奴には必ず、一匹の虫がつきまとうものらしい。この得体のしれぬ虫めはあんたがその気の弱さのため何かをシクジルと、耳のうしろ側で、ケ、ケ、ケと奇妙な笑い声をたてるのです。

たとえば諸君にはこういう経験はありませんかな。駅のホームで電車を待っていると向こう側のホームに部長が立っていられる。気の弱いあんたはこういう時、すぐ挨拶できないものです。部長が気づかぬのに、頭を下げるべきか、それとも黙っているべきか、あんたは心中ハムレットの如く迷う。そして思い切って頭をさげたが、部長は知らん顔をしている。なんだ、挨拶なんかするんじゃなかったとペロリと舌を出した時、向こうの視線がこちらにぶつかった。部下に舌を出されたと錯覚した部長はムッとされ、あんたはこれはとんだことになったと思う。そんな時です、耳のうしろであの虫めが、ケ、ケ、ケと笑うのは……。

私はあんたのその時の気持ちがよくわかるよ。なぜなら、私もあんたと同じような経験が幾回、幾十回となくあったから。

あんたに仮に惚《ほ》れていた娘がいるとする。その娘は初心《うぶ》で清純であんたは本当に心から惚れておるのだ。惚れているのだが、悲しいかな好きだと言えないのだ。

「気の弱い奴ちゃなあ。そんなの、手ごめにするぐらいの勇気でぶつかれや」

悪友に励まされ、けしかけられ、

「よおし、今夜は必ず決行だぞオ」

清水《きよみず》の舞台から飛びおりる気持ちであんたは彼女を映画に誘った。

映画館の中で手を握ろう、握らねばならぬ、断じて握るのだ、そうあんたは心に誓いながら、いざ本番となると、どうしても勇気が出ず、そのくせ、心はスクリーンではなく右側の彼女と自分の腕にばかり集中して、モゾモゾ、貧乏ゆすりばかりして、

「どうか、なさいましたの」

彼女にそう言われると、イスから二尺も飛び上がりそうになり、

「いえッ何でも、ありまッせん」

上官に報告する兵隊のような声をだす。情けない奴ちゃな、あんたは。

そして映画が終わって、喫茶店。今度こそは心のすべてを打ちあけねばならぬ。断じて打ちあけるのだと思いながら、コーヒーだけいたずらにガブガブのみ、

「うちの伝書鳩《ばと》はかわいいです」

愚にもつかぬことばかり口走っている。これではいかん。言え。男じゃないか。言うのだ。そう懸命にわが心に言いきかせ、

「道代さん」

「何んですの」

そういう時だ。気の弱い奴は突然、尿意を催し、どうしても我慢できなくなってくるのである。あの虫めがまた、意地悪をしだしたのだ。

「道代さん」

「何んですの」

「ぼ……ぼかァ。たまらん。失礼」

びっくりしている彼女をそこに残して、あんたはW・Cに走っていくのである。そして何も言えず、何もできず、彼女を自宅まで送りとどけたあとは一人、舌打ちばかりしながらくやしまぎれに歌う歌は、

「松の木ばかりが、松じゃない」

どうです。ピタリでしょう。あんたには必ずこれと同型の経験があるでしょう。私

はあんたのその気持ちがよくわかる。なぜなら、私もあんたと同じような経験が幾回、幾十回となくあったからです。

気の弱い奴を喜ばす言葉

気の弱い奴には友人のうち、誰が自分と同じように気の弱い奴か、すぐわかります。そういう男はえてして、発作的にから元気を出すからすぐわかります。飲屋やバーなどで、酔うにつれ女給や友人を相手に、

「ぼくはヤルと言ったら断じてヤル。ヤルと言った以上、どんな障害があってもヤッてみせる」

そんなことをわめきながら、そのくせ相手の眼色を窺《うかが》い、自分の言葉を信じてくれたか、どうかをキョトキョトッと測定するから、すぐわかります。

そういう先輩上役がいたら、何よりも彼を悦ばす言葉は二つあると思ってください。一つは、「芯が、本当は強いんだなァ、先輩は」であり、もう一つはガラリと趣向をかえて、「いい人だ、先輩は。善意があるために損をされているんですね」

理由は簡単です。気の弱い奴は、えてして芯が強いことにたまらなく憧《あこが》れるものですし、またいつも、その気の弱さのために損をしているからです。

スカシ屁の犯人にされた男

私が今日まで見た気の弱い友人から三人を選んでお話ししましょう。いずれも私やあんたたちには身につまされて「よく、その心情、理解できる」話なんです。

A君は毎日、中野駅から東京駅まで出勤するサラリーマンなのですが、寿司づめの国電の中で若い女性に体を押しつけられる時と、スカシ屁を誰かがした時ほど辛いことはないと言っていました。

いつだったかA君が汗ダクで国電に乗りこみ、やっとつり皮にぶらさがった時、突然、異様な臭気があたりに漂いだしました。誰かが例のスカシ屁を一発やったんです。

A君はその震源地は彼の前に腰かけている妙齢のBGだとすぐにわかったのですが、そのBGは平然とした顔で、平然どころか、いやまるでA君が犯人であるかのような眼つきでじっと彼を見上げているじゃありませんか。

「臭いなあ」たまりかねて、車中誰かが叫びました。

「ひどい奴だな、この中で屁をするなんて。どいつだ」

BGはまだじっとA君を見ている。そしてその唇のあたりに軽蔑的なうす笑いさえ浮かべたのです。あんたでしょう。おナラをしたのは、まるでそう言っているようだ。

(ボクじゃない)A君は叫びたかった。(ボクじゃない)

しかし彼女のいかにも自信ありげな顔をみると、気の弱い彼は、(ボクじゃあ、ないんです。いいえ。ボクかもしれません。ボクでした。申しわけありません）だんだん、そんな心境にさせられてきた。そして自分がスカシ屁の犯人のようにうなだれ、眼を伏せ、東京駅まで苦しみながら乗りつづけた、というのです。

「ぼかあ、モスクワ裁判なんかで、被告が自己批判をした気持ちが、今こそよくわかりました」

彼は後になってそう申しておりました。

給料もとりに行けない男

B君はA君よりもっと気が弱い男です。彼はかつて、私が成城大学の講師をしていた時の同僚でしたが、自分の給料さえ、取りに行けず、ハンコを私に渡してとって来てくれないかと言うのです。そして顔を赤らめ、

「給料下さいって言うのは悪いような気がして……」

「冗談じゃないですよ。君の労働にたいして当然、支払われるべき報酬じゃないですか」

「ええ、それは理屈じゃ、わかってます。でも、やっぱり、給料下さいって言うのは悪いような気がして」

こういうB君は同僚にお金をかしても、それを返してくれというのが「悪いような

気がして」とても口に出せない。あまつさえすっかり忘れてしまっていた相手が急に思いだして、

「あっそうだ。返そうか」

と言うと、

「いいんだよ。いいんだよ。まだ」

笑いごとじゃない。あんただってこのB君によく似た経験があるはずだ。

過去にさいなまれる男

ずっと前、あるアパートで生活していた時のことです。

毎夜、真夜中に、私の部屋の上で、若い男の叫びがする。

「アアッ、アーッ。アアッ」

諸君は、早まってはいけない。彼は独身だし、その上、女を自分の部屋の中に引きずりこむような男じゃないよ。

にもかかわらず真夜中に、

「アアッ、アーッ。アアッ」

悲鳴とも絶叫ともつかぬ声をたてる。なぜ彼はそのような声をたてているのか。わかった人は小説家になれる素質がある。あんたはどう思いますかね。

「その男は頭が可笑《おか》しいんでしょう」

ダメ。そんな答えでは。彼はね、夜中に布団を引っかぶっていると、昨日、今日のあるいは過去の、自分のやった恥ずかしいことが一つ一つ突然心に甦って、居てもたってもいられなくなり、

「アアッ、アーッ。アアッ」

思わず、大声をたてているのです。

何だ、そんなことか、と思われる人は気の強い奴。気の弱い奴なら、この夜の経験は必ずあるはずだ。

それがないような奴は、友として語るに足りぬ。

亭主族の哀しみ

この小心で孤独な除け者の存在

「亭主」と「夫」とは違う

学者先生の作った字引きなどを引くと、亭主という言葉は夫、良人と同意語であるかのように書いてある。だから学者などという手合いはダメなんだ。

妻と女房とちがうように、夫と亭主とは断じて違う。これは私の卓見だ。

妻というのはね、まだ花嫁の気分ぬけやらず、楚々《そそ》として慎み深く、夫のいうことに比較的従順な、あの女の一時期をさすのである。女房というのは、この妻が突然か次第にか変異して、巨力強大な怪物となり、家庭の座にどっしりとアグラをかき、縦から押しても横から押してもビクともせず、子供たちをおのが味方につけ、亭主を村八分にする――あのオバさん時代のことなのさ。

もうわかったでしょう。夫と亭主のちがい。君が新婚ホヤホヤで自分に寄りそう妻に満足し、彼女を妹のように使いこなせる時は夫という。だが、相手が女房となり、君が彼女に何らかの形で使われるようになった時は、君はもう夫ではない。亭主である。

おわかりか。君は今、夫かね。それとも亭主かね。

私は亭主族という奴が好きだな。なぜかって？　人間の臭いがプンプンするからです。孤独で小心でさ、威張りたくって、そのくせダメな男で。これあ、オレたちじゃないか。

読者のなかで亭主族の人はいますか。いたら手をあげてください。君たちの生態を今から二、三あげてみよう。

村四分の亭主

まず、亭主というのは家庭にあって村八分とまではいかなくても、村四分ぐらいの扱いをうけている。子供たちは女房には何でもかんでも打ちあけて話すのに、オレには何かヨソヨソしいところがある。君はそうひがんでいませんか。

晩飯のあと、家族たち（家族というのは亭主を除いた家の者たちのことをいう）は茶の間でキャッキャッと笑いながらテレビをみている。亭主はそういう時、どうしているか。自分も仲間に入りたいのだが、彼等とキャッキャッと騒ぐのが照れくさく恥ずかしく、しばらくモジモジしているものだ。だが、やがて思いきって茶の間の襖《ふすま》をあける。

笑いが、ピタリとやむよ。みんなが突然、白けた顔をするよ。子供の一人がそっと部屋を出ていくよ。もう一人も勉強しよっと呟《つぶや》きながら逃げていってしまう。こうして君は一人ぼっち。仕方なく君は孤独のまま、くそ面白くもないテレビをぼんやり見つめている。

そんな経験ないですか。ない奴は人生の寂しさ知らん青二才だな。オレとは話すに足りん奴だ。ほかの本でもめくって読め。この本を読むのは人生の哀歓を多少でも噛みしめたお方に限る。

しかし、やがて君もそういう孤独な亭主になるんだ。私もね、若いころ、自分の父親をみて、なんてこの人は孤独なんだろうと思ったものです。晩飯のあと、一人で部屋にとじこもり、自分用のラジオをきいていた彼を見ながら、オレは将来、ああなりたくないと考えたもんだ。

しかし今日、私はね、自分の父親と同じように自分の部屋でトランジスタをきいている。思わず、ああ、これだったのかと感じるんです。

しかし子供ってものは、どうして父親をああ煙ったがるのですかねえ。子供と二人っきりになったことあるか？　こちらも何か話しあわなくちゃダメだと思いながら、話題をさがす。向こうも気まずそうに調子を合わせている。寂しいね、これは。

失礼しました。思わず取り乱しまして愚痴をこぼしてしまいました。われわれは亭主一般について考えていたのであった。

土産を買う亭主

夜、十時ごろか、十一時ごろ、東京の渋谷や新宿の広場を通りすぎたことがありますか。ああいう所には、こんな時刻に必ずオモチャの叩き売り屋が出ているものである。

夜の十時ごろにオモチャの叩き売り屋がなぜ出るか。餓鬼《がき》たちはすべて、眠りこけているという時刻なのに。

これはねえ、父親相手の商売なのさ。亭主族相手に売っているのさ。大道商人は学者先生たちよりはよく亭主の何ものなるかを知っておるよ。

うそだと思ったら現場に行ってごらん。いるよ。いるよ。亭主族が。みんなじっと、懸命に大道商人の声に耳をかたむけているよ。「この鉄腕アトムはね、たんに手足が動くというんじゃないよ。ほれ、このリモート・コントロールを使えば両足そろえて空中を泳ぐんだからね。アメリカに輸出した時は目の青い向こうの子供がワンダフルと叫んで、たちまち売り切れになったんだよ。向こうの父親はえらいよね。ちゃんとよいオモチャを買って子供に与えるんだから。だが日本の父親はどうだ。デクの棒のように突っ立って買おうか、買うまいか考えてござる。手前《てめえ》はしたたか酒をのんだくせに、可愛い子供に土産の一つも持っていかない気かね」

この最後の言葉が回りをかこんだ亭主たちの胸にぐさりと突きささる。本当にオレはいけない奴だなと思う。オレは今日、会社の帰り、この渋谷でとも角も酒をのみ、ホルモン焼きを食ったのだ。自分は家族を放ったらかしてたのしんだ。申しわけない。オレは悪い奴だなあ。

「だからさあ、このオモチャぶらさげて家に戻ってごらんよ。角《つの》出したカミさんの機嫌も急によくなるし、それから明日の朝、目をさました坊やが泣いて喜ぶよ。うちの父ちゃん、いい父ちゃんって」

たった二百円の鉄腕アトムがこうして売れていくのも、酒のんだあとの亭主のビクビクした心理をうまくつくからである。私は渋谷や新宿に夜ふけて必ず出会うオモチャ売りとそれを囲んでじっと飛行機や潜水艦をいじくっている男たちの群れを見るたびに、そのせつない心理を思わざるをえない。臆病で、小心で、そのくせ威張りたがる彼等よ。

亭主が怒る時

小心だから彼は家庭にあって除《の》けものになりたくない。家族のみんなから尊敬されたい。だが夜ふけにオモチャを買っても、それは一時的に子供の心を引くだけで、あとは相変わらず除け者にされる。除け者にされるから彼は自分を注目させるために威張ろうとする。そして、彼が家庭で怒る時の心理は次のようなものだ。

たとえば長男がジャズレコードばかりかけているとする。それが気に食わぬが、気に食わぬとどなれば、たちまち家族中の大反撃に会うことも彼は知っている。

「古いよ、父さんは、頭が。横暴だよ、自分の趣味にあわないからって」

古いとか、横暴とかいわれるのが、家庭にあって亭主には一番つらい。その上、女房にまで子供の味方としてギャア、ギャアわめかれてはたまらなく不愉快だ。

だから、おおむねの亭主は子供を叱る時は、別のことを口実にして小言をいうものだ。

「なんだね、この部屋、だらしがないぞ。少しは掃除しなさい。みなさい、ホコリがこんなにたまっている」

彼が怒りたいのは部屋のことではなく、本当はジャズレコードのことだが、しかし、彼はこういう言い方によって自分の父としての権威をみとめさせようとするものだ。

亭主族の怒り方は、こうしてみると実に下手で、無器用だということがよくわかる。この無器用さを作っているのが結局、彼のたえざるコンプレックス——つまり自分は家族から除け者にされているというコンプレックス——なのである。

さっきあげた例のほかに、恩きせがまし怒り型という亭主がある。これは自分が家族に買ってやったものが一向に活用されていないのを見て腹をたてるタイプだが、

「お前、父ちゃんが買ってやったマフラー全然やってないじゃないか。やってないだけでなく、友だちにやったっていうじゃないか」

「やったんじゃないよ。バンドのバックルと交換したんだ」

「なぜ、そんなものと交換する。あのマフラーはな、千八百円もしたんだぞ。千八百円も」

息子や女房はこの言葉をきいて、自分の親父、自分の亭主は、何というケチな男だ、とますます軽蔑していく。

だが彼にとっては、千八百円がムダになったことがショックなのではない。彼は自分も愛されたい一心で買ったマフラーが、息子によって黙殺されたのが寂しいのだ。家族のものに、いい父ちゃん、やさしい父ちゃんと思われなかったのが腹がたってくるのだ。

日曜日の午後、家族がそれぞれ出かけたあと、縁側でねそべっているステテコ一枚の亭主の姿は何となく憐《あわ》れで、哀しくて、滑稽である。家族の誰からも煙たがられ、除け者にされている孤独な男。

そんな男に諸君はなりたくないだろう。しかし君はやがて、そうなるのだよ。

それもいいじゃないか。どうせ人生、どうころんでも同じだからな。

〝嫌がらせ〟のすすめ

この高度な批評精神

嫌がらせの名人

私の友人にYという作家がいる。嫌がらせの名人で、今日まで私はどんなに被害を蒙《こうむ》り泣かされたかわからない。

もうずっと前のことであるが、神田のロシア・レストランでさる令嬢と食事をしておった。正直な話、私はこの令嬢に少し惚《ほ》れていたようである。そのせいで平生はラーメンぐらいしか他人に奢《おご》らない主義にもかかわらず、大いにハリこんで、このムードあるロシア・レストランに彼女を連れていったのであった。

実際、そこはムードあるレストランであった。テーブルには硝子《ガラス》に入れたろうそくの光がロマンチックにうるみ、小さいながらも赤い洋服を着た楽団が「黒い瞳」かなんかを、物哀しく演奏していたのである。

「百合子さん」

「まァ、何ですの」

「ぼかァ……」

私は全世界の苦悩を一身に背負ったような表情をして、気障《きざ》とは思いつつも、彼女に何か言おうとした。

その時である。階段から、思いがけなくあのYがおりてくるのが眼についた。ああ、イカん。悪い時に悪い奴に出くわしたもんだ。

眼をそらせ、素知らぬ顔をしようとしたが、眼ざとい彼はいち早くこちらを見つけ、一瞬驚きと好奇心のいりまじった表情で、じっと私と令嬢とを窺い、ニタリと笑った。

「あっちに行け。行ってくれ」

私は彼に、眼で哀願したが、そんなことで容赦してくれる男ではない。

「よォ、遠藤、どうしたんだ」

聞こえよがしの声で近づき、テーブルに腰をおろす。

「お前にしちゃあ、珍しく美しいお嬢さんと一緒にいるじゃないか。紹介してくれよ」

気の弱い私は、当惑の色を頰にうかべて彼を令嬢に紹介した。

「百合子さんか。いい名前だな」

そこまではよかった。そこまではよかったが、それからあと、彼はすぐ例の嫌がらせを口に出したのである。

「ところでお前、例の腹巻き、今日もやっている？」

「腹巻き?」

「そうさ、腹巻きさ。いつか、やっていたじゃないか、ラクダ色の腹巻きを。お前、洗たくしないもんだから、プンプン臭かったぜ。あの腹巻き、まだ、あれをやっているのか」

「冗、冗談じゃない。ぼかァ、そんな」

「かくさなくたって、いいじゃないか、別に恥ずかしいことではないんだから。お嬢さん、こいつはね、お腹が冷えるといけないからと言って、ラクダ色の大きな腹巻きをしとるですよ。ずいぶん、長く使ったもんだから大分、色あせているけれども」

彼はそのまま、別のテーブルに行ってしまった。あんなのウソですよ。あいつのデタラメですと私はしきりに弁解し、お嬢さんもうなずいてくれたが、ラクダ色の腹巻きのイメージは二人のテーブルの上を亡霊のように飛びかい、硝子にうるむろうそくの光、甘く物哀しい楽団の演奏もすべて、ぶちこわされ——要するに私は彼女に何も言えなくなってしまったのだった。

嫌がらせをしたくなるタイプ

今でも、私はその点、Yを恨んでいる。もしあの時、彼があんな嫌がらせをしなかったならば、令嬢は私と交際しつづけてくれたかもしれぬ。しかしねえ、若い娘はラクダ色の腹巻きをした男――それだけでイヤになるもんですよ。

Yの例を見てもわかるように、この広い世間には、他人を見れば何か嫌がらせをしないではおられぬ人間がいるようである。だが、嫌がらせは、たんに意地悪や嫉妬心から出ているとは限らず、批評の精神から出ているとも考えられる。

私にだって嫌がらせの精神はある。そして自分かどういう場合、どういう相手に嫌がらせをするだろうかと考えてみると、それは大体、次のような時らしい。

⑴相手が権力をカサにきる時

⑵相手がウヌボレ屋さんである時（自分が美人であるのをどこかウヌボレている女に会った時など）

⑶偽善者にぶつかった時

⑷相手が何かに陶酔している時

以上の四つの場合に、私はふと嫌がらせをしてみたくなるようだ。

Yが私に嫌がらせをしたのは、この第四の場合だったからに違いない。ロシア・レストランでムードありげなふんい気に令嬢をつれて、そこでうっとりしている友人を見れば、誰だって水をかけてやりたくなるものである。

私の知っておる奥さんで、亭主の不平をこぼしている婦人がいた。何が不平なのかというと、この奥さんが、亭主に甘えようとすると、ご主人、プーッとおナラをするというんです。

「月がきれいだわ。婚約時代、一緒に散歩した時、思いだすわねえ」

　すると亭主は、照れ臭そうな顔をしてプーッと一発やる。甘い陶酔を求めようとした奥さんの心理は目茶苦茶だ。

　しかし、男で女房もちの読者なら、この亭主の心情、わかるでしょう。わかる。わかる。おれもやる、ですか。君、そんなことを自慢せんでもよろし。別に偉いことじゃないんだから。

　いずれにしろ、この亭主も、女房がうっとりし、陶酔しかかってくると、こちらが恥ずかしくなり、相手に水をかけようとして嫌がらせをしたにちがいない。

　偽善者に会うと同じ心理になりますな。よくいるだろ。俳優なんかで、老人ホームなんか行ってお菓子をばらまき、お菓子をばらまいている自分の姿をカメラマンにうつさせている連中が。ああいう連中みると、嫌がらせをしたくなるなあ。何言ってやがんだい。気の毒な人を自分の宣伝に使いやがってと思ってね。老人ホームに行くのは立派なことだろ。しかし、それを写真にとらせる根性、こいつがイヤですなあ。

　とりすまして、自分の美しいことを鼻にかけている娘や奥さんにも嫌がらせをしたくなりますなあ。

私の知っている娘でこういう高慢チキなのがいましてな。自分がこんなに美しいだろうと、いつも鼻をツンと仰向けにさせたような顔している。

それをある日、嫌がらせしてやろうと、この娘をビヤホールに誘いましてな。ジョッキ一杯、無理にのませて、次に喫茶店でジュースのませて、銀座を歩きながらゲーテがどうした、サルトルがどうした、ベートーベンはいいですなあなど、高尚な話ばかりした悪い奴がいる。

そのうち、少しずつ、尿意を催してきた。彼がじゃない。彼女がですよ。相手がベートーベンだのゲーテだの上品なことばかり言っているから、

「あの……お手洗いですの」

そう、よう口に出せん。

だんだん、顔が真っ青になり脂汗が出て、三原橋のむこうにある公衆便所が眼にとびこむや、恥も外聞もなく、

「失礼エー」

駆けだした。男のほうはそれをみてジキル博士のようにニタリと笑った。

こういう嫌がらせはいけない。下品である。しかし、ウヌボレ屋の娘にはちょっとやってみたくなるし、面白いじゃないか。諸君、やってみないか。

嫌がらせは批評精神だ

以上からみても、嫌がらせとはある部分で批評の精神をもっているものである。

フランス語にエスプリという言葉がある。アンドレ・モロアという文学者の説によると、エスプリとユーモアとは共に批評の精神だという。ここにヒトラーのような一人の権力者がいるとする。その権力者のウヌボレ、弱点を高所から鋭くきめつけるのがエスプリであり、劣等者の立場に身をおいて、この弱点のもの真似をしてみるのがユーモアだという。

嫌がらせは、私の考えでは、このエスプリとユーモアとを一緒くたにしたような批評の精神だ。女房が突然、お月さまをみて、昔の婚約時代などを思いだし、「あなた」などと体をすりよせてきた時、おナラをブーッとやるのは、彼女にきびしい現実をふりかえらせる意味で、批評である。

友人が柄にもなく令嬢とムードありげなレストランで鼻の下を長くしている時、彼のラクダ色の腹巻きを思い出させるのは「汝よ、身のほどを知れ」という警告として、批評の精神である。

自分をビーナスのように美しい女と自惚れている娘に、汝もまた便所に行く存在であると自覚せしめるのも、批評である。

われわれ、気の弱い男も、努力して「嫌がらせ」の人間になろうではないか。

正義漢づらをするな

自分だけが正しいとして他を裁く独善主義

私の告白

はじめにねえ、恥ずかしいことではあるが、私は決して他には話さなかった自分自身の女性体験を赤裸々に告白したいと思う。いわば個人の秘密、プライベート・シークレットをこのように打ちあけるのは、自分としてもなかなか気が進まなかったのであるが、ついに筆を執った次第である。

しかし、何といっても一人の男の赤裸々な女性体験であるから、その露骨さにあるいは驚かれる方がいるかもしれぬ。あるいはこの一文によって興奮される読者がおられるかもしれぬ。驚かれてもいい、興奮されてもいい。それは諸君の自由だからだ。しかし決して他言だけはされないようにお願いする。それは私にとって口にするだけでも恥ずかしい秘密なのだから。

結論から先に申しあげれば、私はこの年になって女性に消すことのできない不信感を心のすみで抱くようになっている。私は今から語るように次から次へと女性に裏切られていったからである。ああ少年のバラ色の夢よ。そのなかで女性は私のような男にとっても、どんなに美しいベールに包まれていたであろう。それはやさしさと優雅さと可憐さ、そして清純さの象徴であった。しかし今、私の舌の上には、にがい悔恨と幻滅としかない。

女性への不信感

思い出は二十五年前にさかのぼる。二十五年前それはまだ中学生だった。女性というものを知らなかった。

あのころの思い出の一つにこういうのがある。私は女性から凌辱《りょうじょく》をうけたのである。しかも他の人が見ている前で。十七歳の中学生だった私。まだ童貞だった私。その私が彼女たちから集団的に凌辱を受けたのである。それは今、思いだしても辛い、恥ずかしい経験ではあるが、清水の舞台から飛びおりる気持ちで、赤裸々に告白したい。

君、そうゴクリと唾を飲んで膝をのりだすな。話すといったら本当に話すんだから。

あれは大東亜戦争が始まって三、四年たったころだった。場所は神戸の三宮だった。そして時刻は……もういいだろう。

中学生の私はその日、親の眼を盗んで学校の帰り映画を見（当時は父兄同伴なしでは映画に行ってはいけなかったのだ）一人、トボトボとその三宮を通りかかったのである。

その時、私は数人の女性から急に呼びとめられたのである。彼女たちはグルリと私をとりかこんだ。

怖しかった。こわかった。逃げだそうにも逃げる勇気さえなかった。すると彼女たちの一人が猫なで声で言った。

「あんた、中学生でしょ」

「はい」

うす笑いをその女は浮かべ、うしろを振りかえり、同輩たちに眼くばせをした。そしてその一人がやにわに片隅に私をつれていき、私の手に×(A)を握らせた。(一字伏字)

「××(B)なさい」(二字伏字)

「えッ」

「××(C)なさい。中学生なら××(D)るんでしょ。早く早く」(四字伏字)

彼女の顔は紅潮し、眼は少しつり上がっていた。

この光景を詳細に書きたいのであるが、私は恥ずかしい。しかし、この本の読者はちょっとやそっとのことでは驚かないたくましい人たちに違いない。そこでこの四つの伏字を思いきって順に埋めていこう。

A=紙、B=読み、C=読み、D=読め

すなわち彼女たちは国防婦人会の会員たちであり、中学生のくせに夕方遅くまでブラブラしている私に「非常にあなたは非国民的です」という紙を手渡したのであった。

子供心にも私は何と軽薄な、と思った。私がではない。彼女たちがである。私は彼女たちのとりつかれているこの正義感がはなはだしく不快であった。自分だけが正しいとして他を裁く彼女たちの独善主義が、子供心にもひどくイヤだった。

その後、独善主義とは女の一番おちいりやすい習癖だと私は知った。男と女とくらべると、たしかに女のほうが「自分が悪い」とは考えぬ。たとえ、おのが悪さを、キリキリのキリまで自認せざるをえない状態になっても、女性は次のような文句で自分を弁解する。「私をそんな風にしたのはあんたじゃないの」あるいは「どうせ、あたし一人が悪者になっていればいいんですから」

はき違えた正義感

私は昔、駒場というところに住んでいたが、拙宅のすぐ近所の金棒引きの婆は、A家では今日、鰯《いわし》を何匹買った、B家では亭主のヘソクリがどこにかくしてあったなど、隣りの情報をあっちこっちに触れまわるのであるから、近所の主婦たちはこれを快く思っていなかったが、彼女に反抗すればどんな悪口を言われるかもしれぬので、障《さわ》らぬ神に祟りなしという形でコワがっておったのである。いずれにせよ、この婆さんと主婦たちとは、陰微な形で仲がよくなかったのである。

だが、ある日から、この主婦たちと婆さんとが一種の同志的結束と連帯感とを抱くようになった。原因は、婆さんが、すぐ近くのかなり立派な家に、一人の若い女性が引っ越してきたことと、その女性のところに事業家らしい男がチョコチョコやってくることを発見し、ただちに触れまわったからであった。すると、今までこの婆さんを快く思っていなかった主婦たちは、一様に道路の真ん中に集まり、

「お聞きになりまして。お虎婆さんに」

「わたくしも、たった今、聞いたばかりでございますのよ。驚くじゃありませんか」

「不潔なお話しですわ、あんなチャラチャラした洋服をきて、どこのお嬢さんかと思ってましたら、妾ですってね」

「子供の教育上、そんな家が近所にあってはお互い迷惑でございますわ」

ケンケン、ゴウゴウ論じあっているうちに、彼女たちは一種の激しい正義感にとりつかれ、このお妾に断じてイヤがらせをすることが正しい人の行為だと思いこみ、しかもそのイヤがらせをする大役を、かの婆さんに一任したのであった。つまり、こうしてまるでピエール・ガスカールの小説に出てくるようなポンチ絵的正義感が生まれ、ポンチ絵的連帯感が生じたのである。

私はその光景をみて、昔、国防婦人会の糞婆たちになぶり者にされた時のことを連想したが、もともと臆病な上に、長いものには巻かれろ主義のグータラ性格の持ち主

だから、あえて彼女たちをとめなかった。

だが、一週間もたたぬうちに彼女たちとお虎婆は、マーケットに行く問題の女性にイヤミを言ったり、小学生たちにまで、あれは妾だよ、と教えたりしはじめた。こうなっては臆病者の私も断固、立ちあがったのである。

断固、立ちあがって何をしたか。それは言うまい。話すまい。稔るほど、頭のさがる稲穂かなであるからだ。だが私はそのために彼女たちから随分、ひどいことを言われましたよ。妾の肩もつ三文文士、なんて陰口きかれてさ。しかし言うまい。言うまい。

けれどもこの時私にはハッキリ気づいたことがある。人間は自分ができぬことを他人がやっておれば、癪にさわる。そしてその欲求不満をたやすく正義感に転化することができる。

たとえば、この主婦連はなるほど妾という存在に腹がたったのでしょう。しかしそれ以上に彼女たちが腹をたてたのは妾が自分たちより「いいおべべをきて、いい家に住み、電気洗濯機を持っている」ということだったのだ。彼女たちは自分がいいおべべもいい家も持っていないから腹をたてたのであって、相手が妾ということは自分たちの物欲的怒りを転化させる恰好の口実だったにすぎない。

鼻もちならぬ偽善者

国防婦人会とこの主婦たちという女性たちとの交渉——これだってやっぱり私の女性体験である。それ以上のヘンなことを期待しながら本文を読んだ読者にはお気の毒でした。

によって私は自分が正義づらをすることをいっさいしないことに決心した。少なくとも自分を正しいと思って他を裁く時、私は国防婦人会のオバさん、お虎婆さんと手をくんだ主婦たちと同じ心理動機が働いていないかそう反省してみることにしているのである。

諸君。この本の読者諸君なら私の言うことはわかってくれるだろうな。何がイヤだといったって、この世には自分は正しいと思いこんでいる奴ほど鼻持ちならぬものはいないわいな。そういうタグいが、いわゆる文化人の中に、主婦の中に、PTAのなかに、よう、いるやないか。われわれは少なくとも偽善者でないように、おたがい、努めようじゃないか。

自己催眠で社長になった男

空想力も使いよう

空想力を使った食事法

ずっと前、世田谷のMという一角にある非常にみすぼらしい家に住んでおった。すなわち、貧しかったからである。

私の家の回りには、同じようなあまり金には縁のなさそうな安いアパートや家が並んでおった。二軒隣りはある鉄関係の会社に勤めているサラリーマンの家だったが、この家から時々、日曜など溜息まじりの声がきこえてくるのである。

「ああ、今日も朝から刺身か。刺身にも食いあきたなア」

その声はしばしば、食卓で目やにのたまった目をショボつかせて、菜っ葉のみそ汁で朝飯を食べている私の耳に届いた。

「豪勢なのねえ」

私の妻は箸をおいて、ふかい溜息をついた。

「朝から刺身ですって」

「チェッ、どうせ、宴会の残りかなんかを、そっと持って帰ったんだろうぜ」

私は自分のことは棚にあげイマイマしい気持ちをいかんともすることができなかった。正直な話、こちらは朝から刺身を食べるような身に一度はなってみたいと思っていたからである。

ある日、偶然、駅でこのサラリーマン氏に会った。いつもはご近所の方にお目にかかっても、向こうは向こう、こちらはこちらのエゴイズム生活を守る私は軽く会釈するだけであるが、この日は、れいのことがあるから、イヤ味でも言ってやろう——そういう了見で近寄っていき、

「やあ、カメ田さん」

「これはこれは、平生、お隣り同士でありながら失礼しています」

「いやいや、こちらこそ」

てな調子で型通りの挨拶をすますと、

「お宅は、おごっておられますなあ。時々家内とうらやましがっとるんですよ。毎朝、お刺身を食べておられるそうで」

そう言うと、向こうは初めはキョトン、しばらくしてうす笑いを頬にうかべ、

「いやア、あれはねえ。ウソですよ」

「ウソ?」

「ええ。うちじゃあ、朝から話にならん粗食でして。それで、ぼく、ああ叫んでみる

んです。刺身に食いあきたねえって。すると、だんだん、自分が本当に刺身に食いあきた――そんな気になるですな」

「そうですか。そうですか」

私はこの人の心境がわかるような気がして思わず莞爾《かんじ》としてほほえむと、向こうもニッコリ、乃木将軍とステッセル。

「いかがです、あなたもやってごらんになりませんか。いい気分ですぜ」

私はウンウンうなずいて、翌日かられいによって菜っ葉のみそ汁に向かうたびに、今日もビフテキか、ビフテキにも食い飽きたなあと呟《つぶや》いてみたが、菜っ葉のみそ汁、決してビフテキではなかった。
四、五日してふたたびこの隣人に会ったとき、どうもうまくいかないと訴えると、
「そうかなア」小首をかしげ「空想力があなた、足りないんじゃないですか」

この男の説によると、われわれはある感情が働くからある行為をする場合（例、怒るから、手をあげる）と、ある行為をするから、ある感情が働く場合（手をあげるから、怒りの感情が増す）が多いと言う。

「女にね。キレイだと毎日、ささやいてやれば、だんだんキレイになっていくんだと、ぼくは思いますよ。これは、手をあげると余計に怒るのと同じ原理ですよ。キレイだと思う行為をするからキレイになるんです。ぼくは今はこの通りの素寒貧ですが、自

分はやがて金持ちになると鏡にむかって言いきかせているんです。きっと、やがて、ぼくは金持ちになりますよ」

自分を社長と思い込む

私はわかったような、わからないような気持ちになってキョトンとしていたが、このことは彼がある日、私を誘ってあるバーに行ったとき、幾分、理解できたような気がした。

「ねえ、同じ飲みに行くなら、タダ、飲んでもおもしろくない」と彼は言った。「れいのぼくの考えをここで実践しましょう。ぼくは社長になり、あんたは私の会社の社員のつもりになるんです。そのつもりでバーに行きましょう」

「そのつもり、というと?」

「あなた、心の底から自分は私の部下であるという気概になってください。私も心の底から自分が社長だと自己催眠をかけてみますから」

そういうわけで、酒場のとびらを押し、あら、いらっしゃいと取りまいた女たちの中で、

「社長。何を飲みます」

芝居のつもりでそう彼に言うと、彼は社長気どりで、

「そうだな。何にするか」

鷹揚《おうよう》なかまえをみせる。そのうち女たちも

「こちら、お若いのに社長さん。偉いのねえ」

初めは半信半疑だったのが、本気で彼を社長と思いこみ、私はその部下扱いにされてくると、どうもこっちはおもしろくない。おもしろくないから、ウマくもない酒をなめながら、じっと見ていると、彼はもう芝居をやっているのではない。口ぶり、話の内容、態度、服装（服装だけは仕方なかったが）すべて、社長になりきっている。なりきっているというより、彼自身、自分を心から社長だと思いこんでいるのである。

そして女たちもこの見事な自己催眠にひっかかって、少しも彼を疑わないから彼はモテているのである。

外に出てから、こっちもホトホト感心して

「みごとですなア」

「そうでしたか」彼はニヤリと笑い、「しかし、私は、大事なことは自分が社長だと思えば、社会もそう扱ってくれる――その点だと思いますよ」

と言った。

空想が現実に

一年後、私はこの家を引っ越して別の家に移った。時々、彼のことを思いだし、どうしているかなと考えた。それから、あの酒場に行った経験を土台にして「モテサセ屋」という小説を書いた記憶がある。

四年たった。ところが、ある日、私は渋谷で彼に偶然、会った。パリッとした服装をして車に乗っている。

「おや」

「おや。あんたじゃないか」

そういうわけで、車にのせてもらい、その後をたずねてみると、彼は今や、小さな鉄工所ではあるが、ともかく、社長をやっていると言うのである。その出世までの道順はここに書くことを省略するが、ともかく、彼は、毎日、毎日、「おれは社長になれる、おれは社長になれる」そう自分に言いきかせることをやめなかったという。

「すると、やはり妙なもんですなあ。ツキがおもしろいほど自分に回ってくるんです。他の連中がうまくいかぬことも、私には偶然か、うまく運んでくるんです」

「それでトントン拍子に?」

「トントン拍子というわけにはいきませんがしかし、ト、トントンぐらいの拍子はありましたよ」

私は彼の出世をよろこび、再会を約束して別れた。

こういう人物は自分の空想力を巧みに使ったと言えるだろう。私は今もって彼が信じているように、その自己催眠が出世の秘訣だったかどうか、実証することはできぬ、しかしある程度それが真実であることはわかるような気がする。

空想も使い方を間違えば

しかし、この術も――これは現代人の一種の忍術だと思うが――まかり間違えばとんだ悲劇になる。

もう数年前だが、私の家を会津藩主、松平家の息子だとたずねてきた文学青年があった。私の祖母の家は代々、会津藩士だったので、家族一同、ヘイコラしてお出迎え申しあげたが、この青年、親に勘当されたのだと言って毎日、来る。来て、ただ談笑していくだけで別に何もしない。

私も彼をかなり信じて、先輩の文芸評論家Y氏や友人のM君などに紹介したのだが、彼は今日は学習院の同窓会に出席した、いつか皆を自分の箱根の別荘につれていきたい、来週は祖先、家康公の祭られている東照宮に行ってくるなど、いかにも松平家の子孫らしい言葉を言い、態度もそのようだからY氏もM君もすっかり信用していた。

ところが、やがてこれがデタラメもデタラメ、真っ赤な嘘で、この青年、ただ殿さまに憧れ、貴族の子孫と言われたいばっかりに、こういう芝居をやっていたことがわかったのだが、この男も空想と現実とが一致してしまい、われわれの前では本気で自分を「松平家の一族」と思いこんでいたようだ。

彼はそのため増上寺の仏像まで盗みだし、刑に服したが、私は彼のことを考えるたびに、あの社長になった隣人をも思い出す。

同じ空想癖にとりつかれながら一方はそれを巧みに利用して出世し、他方は、警察のご厄介となった。

人間の空想力というものも、いろいろな使い方があるものなのである。

女のウソと男のウソ

女は全身全霊でウソをつく

女は自分のうそを信じる

女のウソと男のウソはどう違うか。その答えは明快です。

「男はウソをついている自分を知っているが、女は自分のウソまで信じてしまう」つまり女は口先だけでウソをつくのではなく、体ごと、全身全霊でウソをつき、しかもウソをついているうちに自分でそれを信じてしまうらしい。

三年前、こういうことがあった。六本木に私たちが集まる小さなバーがあって、そのバーのマダムは高倉典子のような顔をしておったが、少し脳足りんのような、お人好しのような女性で、ワケがわからんところが皆に人気があった。

ある夏の深夜ちかく、小生は友人Aとブラリ、その店に寄ってみると折りよく吉行淳之介がカウンターに坐って飲んでいる。しばらく話をしているうちに十二時になって、

「まだ飲み足りないな」

「どこかへ行くか」

同じ行くなら時間など気にしないでよいように、Fホテルで飲もうということになった。というのはその前々日から私はこのホテルを仕事場にしていたからである。お人好しのマダムを誘うと、行くと言う。マダムはそのとき、隅のボックスで、私たちの見知らぬ毛皮を着た女と話しこんでいたが、その女に、

「あんた、一緒に行こうよ」

と誘っていた。

われわれはその毛皮の女性とマダムとを吉行の車にのせてFホテルに向かうことにした。助手席に私が腰かけ、二人の女性はうしろの席を占めている。

「失礼ですが、こちらさんは」とAはおどけて、「どこのおババさまかな」

そう言うと、マダムは私の肩を叩いて真剣に

「この方、伯爵令嬢よ」

「伯爵令嬢？」

私は伯爵令嬢という大時代的な言葉にびっくりして背後をふりかえったが、マダムは真剣、問題の毛皮の女もマジメな顔をしている。

「お父さんが伯爵ですか」

「はい、父が爵位をもっておりましたので」

「あなた、お名前は」

「田子の浦　打ちいで見れば白妙の……あの妙子でございますわ」

私も吉行もAも今までこんなハイ・ソサイティの女性には全く縁遠かったから、ただ堅くなりかしこまり、ハイハイと言うのみ。

ホテルにつくと、この令嬢、毛皮を着られたままイスに腰かけ、ブランデーをチビリ、チビリ召し上がっておられましたが、やおら立ち上がって歩かれたまいぬ。

「どこに行くんです」

「あのォ……蛍を見にまいりますの」

そう答えられ、すうっと部屋についているトイレに姿を消してしまう。

「小便することを……上流階級では蛍を見にいくと言うのかねえ」とAは感激したようにに

「なるほどねえ」

「お便所では、どんな人間でもお尻をピカピカ光らせるからな。そこからこう言うのです」

と学のある吉行が説明してくれた。

私は膝を叩き、なるほど上流階級の言葉は美しく優雅だ。小便することを蛍を見に行くと言う奥ゆかしさ……なにやら源氏物語の世界に遊ぶ心地ぞする、と思った次第である。

「今度、みなさまゴルフ遊ばすなら、父のやっております富士山麓のゴルフ場をお使い遊ばして」

「ハイハイ」

「わたくし、来年、パリのソルボンヌ大学に留学したいと思っておりますのよ」

「ハイハイ」

「わたくし、食事のときはいつも音楽をききながらいたしますの。時には音楽家をよんで演奏させながら食事をいただきますわ」

「ホウホウ」

さすが、上流階級の言うことはみな夢のようなことばかりで、われわれ三人、膝に手をおいて酒の酔いもさめたまま謹聴するだけだった。

ところがである。明けがた、飲みつかれた一同、引きあげることになり、

「お送りいたしまする」

とAがうやうやしく令嬢に言ったが、

「いいえ、一人で車をひろって、帰りますわ」

そう言われてサッサとタクシーに乗りこまれた。Aはああいうお方は一体どんな家に住んどられるのかと、別の車でそっとつけてみた。寝しずまった町のなかを彼女の車は右に折れ、左に曲がり、やがて目黒の国電線路にそったモルタル作りの古アパー

ト前に止まり、彼女がその古アパートに消えたという。

「本当かね」その話を翌朝、Aから聞いたとき、私は念を押したが、

「たしかさ、この眼でハッキリ見たんだから」Aは少し怒ったような声で「あの伯爵令嬢、ありゃア、ニセモノかもしれないぞ」

ニセモノとすれば、彼女、大の男三人を手玉にとったことになる。ようし、そうならばこちらもダマされたふりを続けて、相手がどう出るか見てみよう――ということになった。

そうとは知らぬかの伯爵令嬢はそれからもときどき、例のバーに姿をお見せになる。ある日、吉行がそこで彼女に会ったとき、いささか酔った彼女の首から真珠の首飾りが切れて、バラバラと床に散った。

「まア。わたくしの五十万円の首飾り。みなさん、集めてください」

五十万円の真珠の首飾りと聞いてボーイもホステスも床にはいつくばって落ちた真珠の粒を集める。それを受けとった彼女が礼を言って引きあげたあと、ボーイの一人が吉行をかげに呼び、

「先生、ぼくこれ一つかくしておきましたんや。三、四万円で売れるでしょうか」

イスのかげで見つけた一粒の真珠をそっと見せた。そこで吉行、翌朝、このボーイを車にのせて都内の某有名宝石店をたずねると、

「何んですコリャあ。模造もんですよ」

吐きすてるように言われたという。

Aの報告、及びこの真珠事件でわれわれ三人はあの伯爵令嬢がニセモノであることに確信がもてたが、しかし、何のために彼女がこのような下手なウソとすぐバレるホラとをつきまわるのかわからない。われわれの興味はすでにこのウソつき女の小児的な心理を分析することにかかっていたのである。

私たちは、だから彼女とその後も食事をしたり酒を飲んだが、まこと感心するのは、彼女の演技がいかなる役者よりも堂に入っていることである。

こういうことさえあった。彼女は帝国ホテルの食堂に私、A、それから例のバーのマダムを食事に招待してくれるようなことさえするのである。そのとき、Aが約束の時間より二十分遅れると、彼女はきびしい眼をして、

「わたくし、今日まで殿がたから、こんな扱いを受けたことはございませんワ」

と、まるでお姫さまのような威厳で叱りつけ、Aはふるえあがったほどである。食事をしているとき、例のマダムがフォークをカチカチならすと、

「はしたない食べ方は、およしになって！」

ぴしゃりとたしなめる。もっともあとでそのマダムがくやしさのあまり、

「あの人、あんなに上品ぶってるけどさ、西洋便器の使い方、知らないんだよ。あた

しいつか見てたけど、あの人、便器にまたがらず、ピョコンと上にとびのっておシッコやっていたんだから」

そう、われわれに密告したのだが、このマダムも、われわれ同様、あの娘にダマされていたのである。

この女の話は本当で私の創作でない。事実あの直後、吉行もAも随筆に書いていたのを読者の中にはご存じの方も多いだろう。

私は今日までいろんな女に会ったが、あの女ほどウソつきのくせに、ウソの下手な女性はみたことがなかった。と言うと皆さんビックリされるだろうが、この伯爵令嬢はあまりにウソのつき方が下手なため、すぐわれわれにバレて泳がされたのである。第一、伯爵令嬢ということを装うのがウソの下手な点だった。ウソが下手だからこそユーモアがあり、十分、われわれをたのしませてくれたのだ。

ウソのうまい女とは……

では本当にウソのうまい女とはどんな女かというと、それを探すのは苦労はいらない。この女ほど愚鈍で滑稽ではない普通の女を探せばいいのである。つまり君たちのまわりにいるBGでも女友だちでもいい。この目だたぬ普通の女こそウソつきの名人なのだ。

伯爵令嬢とこれらの女たちは共に全身で自分のウソをつき、しかもそのウソを本当だと信じている。これが女のウソのあり方である。

伯爵令嬢の場合はその行為がまるで漫画のように愉快だったから、われわれにはすぐ見破れたが、普通の女の目だたぬウソは男にはなかなかわからない。それは彼女が自分の言うことをウソと考えないからである。

私の先輩で作家のB氏がこういう話をしてくれたことがある。そのB氏の知っている女子学生は結婚式の前日、彼と寝たくせに、翌日、式場ではまるで処女のようにハニカミながら友だちと話をし、しかもその席に出たB氏に丁寧に頭をさげたという。立派というべきか、怖ろしいと言うべきかわからなかったとB氏はつぶやいていた。

「男なんて単純だわ。自分の女房の子供だから、自分の子だとすぐ信じるんですものね」

ある日、一人の女性が何気なくそうもらしたが、私はそのとき彼女のうす笑いをみてゾッとしたのを憶えている。

女の執念

女優さんもキチガイ女も同じ

雪の中の女の執念

喫茶店でぼんやり煙草をふかしコーヒーをのんでいると、うしろの席で若いサラリーマンが二人、話しあっている声が耳に入ってきた。

「雪のなかをさ、二時間も、その女優は立っていたんだぜえ」

「Hという恋人に会うためか」

「そうだよ」

私にはすぐ彼らがなににについて話をしているのかわかった。つい最近、週刊誌に、若い一人の女優のプライベートな話が掲載されていたからである。

その女優はHという男を愛していた。しかし、彼女は撮影やその他の仕事でなかなか、彼に会うことはできない。のみならずHは京都に住んでいて、東京にはほとんど出てこない。

女優だから、撮影の仕事で京都へいったとき、早速、Hの家を深夜、たずねた。深夜でなければ人の眼がうるさいからである。

あいにく、その夜は雪が降っていた。男の家をたずねると、どうしたのか彼はいない。家もしまっている。あたりも寝しずまっている。

女優は男の帰りを待った。霏々《ひひ》とふる雪がその彼女のオーバーに白くつもりはじめたが、それでも彼女は待っていた。やがて、体全体が雪だるまのようになったが、それでも彼女は待っていた。

喫茶店のなかで二人のサラリーマンはそのことを話しあっていたのである。

「雪のなかをさ、二時間もその女優は立っていたんだぜ」

「羨ましいな、Hという男」

「とにかく、そこまで思われたら素晴らしいだろうな、あんな美人の女優に」

二人はそのあと、少し黙ってコーヒー茶碗をみつめていた。きっと彼らの心のなかには、真っ白な雪、じっと石像のように恋人を待って立っている若い女性、ふかい夜の沈黙——そういった疼《うず》くようなイメージが重なりあい、

「いいな、いいな」

「感動的だな、ロマンチックだな」

そう、考えこんでいたに違いないのである。読者のみなさんにも、あるいはそう感じられた方がおられるのではないかな。

だがもし、そうなら、

（おお、あなたはよみが浅い）

なぜなら、私はそのような話をきくと、ロマンチックとか、美しいとか言う前に、その女優のなかにひそむ「女の執念」みたいなものを感じ、怖ろしい、こわい、そういう気持ちが先にたつからである。

なぜ、そういう、ひねこびた考え方をするのかと皆さん、言われるかもしれません。まあ、まってください。私はそこでその一つのエピソードを話したいのである。

狂女の執念

数年前になるが、私は「おバカさん」という小説を新聞に連載したことがある。もちろん、この小説にはモデルはなく、すべて作中人物は私の空想裏において作られたのであったが、そのモデルと自称する女性がはるばる三重県から私をたずねてきたことがあった。

赤い帽子に青い洋服、頰を日の丸太郎のように真っ赤にぬりたくった彼女は一眼みて「頭がオカしい」ということがわかったが、

「あれにはモデルなんか、いません」

いくらそう言いきかせても、首をたてにふらず、

「なんで、あなたは、わたしにやさしゅうしてくれますの」

ワケのわからんことを呟《つぶや》くのである。

そのときはそれでよかった。困ったことには彼女はそれから、しばしば、わが家をたずねてくるようになったのである。しかも、彼女の狂った頭には私が自分の恋人、婚約者ということになってしまっていて、

「あの……いつ結婚しましょ。わたしたち」

「何度言うたらわかるのですか。ぼくはあんたの婚約者になったおぼえはない。第一、女房も子供もあります」

しかし、彼女は私や私の友人が幾度、言いきかせても、私に女房や子供がいることさえ認めてくれないのである。

「あの子は、あの女のツレ子や。あんたの子やない」

頑として聞かないのだ。こちらもほとほと困り、泣きたくなってしまう。

「あんた、あたしのこと好きや、言いはったやないか」

「え？　ぼくが？　冗談じゃないですよ。いつ、どこで、そんなことを」

「小説のなかで」

彼女は小説中のヒロインをすべて自分にしたてて見るから、そのヒロインが相手の男から恋を打ちあけられる場面を読むと、自分が遠藤から口説かれていると信じこんでしまうのである。

だが、私の読者ならご存じだろうが、拙作にはほとんどヌレ場がない。私はヌレ場を書くことがあまり好きでないのである。

「小説のなか？　どの小説です」

だから怒りに怒ってそう詰めよると、この女はまことに奇妙な返事をするのである。

「うち知ってる。あんた、現代小説のとき、本名使うけど、時代小説のとき、南条範夫という名で書いてはるのや。その南条のほうの小説のなかでや」

時代小説をよく発表される南条範夫先生と私とは、ついに彼女の頭の中で一緒になっているらしいのである。冗談じゃありませんよ。南条先生はもう相当のご年輩だが、こちらはまだ紅顔の美青年だ。いや乳くさい若造である。南条先生にしてみれば、私などと一緒にされてはたまるものですか。

以来、私はこの狂女から電話がかかるとガチャンと切ることに決めた。そのときはまだ、警察や精神病医の手をわずらわすことを考えていなかったからである。（これは大変なアヤマリであることがわかった）

ところがこの女は、まだ諦めない。電話をかけても相手にされぬとわかると、今度は一日に一度はわが家の門の近くに立って、私が外出するのをじっと待っておる。そして私をみつけると、

「あ……な……た……」

地獄の底から聞こえてくるような薄気味わるい声を出し、ニタリと笑うのだ。

今でこそ、こう笑い話として書けるけれど、そのころの私と私の家族にはたまらない毎日であった。門の前で、まるで銅像のように一人の女が立っている。三十分や一時間ではなく、二時間も三時間もじっと立っている。体中から彼女の執念といったものが発散してくるようで、

(こわい)

真実、そう感じたのである。

ある雨の日——その雨も霧雨ではなく土砂降りに近かった——今日はさすがのあいつも来ていまいと、私がたかをくくって何気なく傘をさして外に出る、ビショヌレの彼女が、髪をベトベトにして電信柱のかげに杭のように立っているのを見たことがある。

そこで私も意を決し、ついに警視庁の友人に事情を話し、M精神病院につれていってもらったが、完全な妄想性分裂病だったそうだ。

喫茶店で二人のサラリーマンが、

「雪の中でさ、二時間もその女優は立っていたんだぜ」

「羨ましいな、そのHという男」

そんな会話をとりかわしているのを聞いたとき、私はとんでもないと思ったのは、

こうした思い出があるからだった。

(何を言うとる。女がちがうやないか。Hが惚れられたのは美しい若い女優や。お前が惚れられたのはキチガイや)

あなたたちはそうお考えになるかもしれません。しかし女優であろうとキチガイ女であろうと、女にちがいない。あんたも女房殿に惚れられているのであろうが、女優であろうが、キチガイであろうと、女の精神構造は同じなのである。

怖ろしい女の執念

女の執念とかけば、怖ろしい。キチガイ女が拙宅の門前にビショヌレになってジッと立っているのは怖ろしい。しかし、Hさんの門前に若い女優が雪を肩につもらせながら、ジッと立っておれば、これは美しいとなぜ言うのか。これだって女の執念じゃないか。

「思いこんだら、命がけ」

流行歌ならこっちに責任がないから平気だが、こういう命がけの執念で女に惚れられてみなさい。怖ろしいとも何とも言いようがない。

男にはこんな執念なんか、とても持てそうにない。もしそれが私だったら、雪の中で女の帰りを二時間も待つことなど、とてもできっこないだろう。せいぜい待って二

十分、

「待たせやがって、あのヤロウ」

ヤケになって、その辺の塀に小便でもひっかけて戻ってくるにちがいない。男には女ほどの執念を恋人にもつことはとてもできないのである。だから私はいつも思う。本当のプレイボーイとは、女のこういう執念をたくみにさばける男だと。女をひっかけるのは馬鹿でもできる。しかし、女の執念に水をかけることは、だれでもできることではない。

人生の寂莫を感じるとき

駄犬と人間が似ている話

駄犬を飼う

子供の時、アルプスの案内人が飼っている犬の話を読んだことがあった。なんでもその犬は大変かしこくて、道に迷った登山客をたとえ雪のなかに埋れていても探りだすというのでありました。

その時、子供心にもできることならそういう犬をもちたいなあと、ひどく憧れたことを憶えております。

「ぼくにラッシーみたいな犬、飼ってよ」

と一年前、息子が私に言った。息子はまだ小学校二年だった。

「ラッシーってなんだ」

「知らないの？」彼は真黒な顔で青ッパナをすすり上げながら言った。「テレビでやってるんだよ。すごく頭がいい犬なんだから。人間の言うこと、みんなわかるんだ。あんな犬、ぼくにも飼ってよ」

その翌日、息子と一緒にそのラッシーの登場するテレビドラマを見た。なるほど、頭のいい犬ですなあ。こいつはコリーという種類だそうだが、顔からして利口そうで、息子の奴も青ッパナをすすりあげながら、食い入るような眼で画面を見ている。

「これこれ、鼻ぐらいかみなさい」

「こんな犬、飼ってくれない」

私は血も涙もない親ではない。昔、自分がアルプス犬の話を読んだ時の憧れはまだ、まざまざと憶えている。

「ふうん、だがねえ」

「おね、が、い」

手を合わせるようにしてガンぜない息子にそう頼まれると、流石《さすが》親の心はホロリとして
「考えとこ」

翌日、東京に出たついでにデパートであのラッシーみたいな犬の値段をきくと驚いた。一生かかっても、私などには買える代物ではない。しかし家に戻って息子の情けなさそうな顔を考えると、かわいそうな気持ちでもある。

「どうしました」

家のちかくで近くの牛乳屋の兄ちゃんにあった。威勢のいいハリキリボーイで、近所では彼のことをリキさんと言っている。

「なに？　そんなのわけねえや。犬ぐらいならタダで手に入れてあげますよ。たのまれてんだ。仔犬のもらい手がないかって。小野さんて家で四匹も生れちゃってね。始末に困ってんですよ」

わたりに舟とはこのことで、それじゃあ、ぜひおねがいすると頼み、家に戻ってラッシーみたいな犬ではないが可愛いい仔犬が手に入ると息子に言うと彼は大喜び。

その可愛いい仔犬をリキさんがだいてきたのはそれから三日後。仔犬といえばクリクリしているように想像していたのだが、こいつは何だが妙に痩せて、うすぎたなくて、眼に眼やにがいっぱい溜っていて、しかもその眼が鈍いというか、うすノロ的というのか、あの名犬ラッシーなどとはあまりの差である。しかし息子は犬を飼えたというだけでもう嬉しくてたまらぬらしい。牛乳を欠けた茶碗に入れてもっていってやったり、木箱の中に藁を入れたり大騒ぎだった。

あれから一年、この犬はもう仔犬ではなくなったが、文字通り駄犬中の駄犬、半日中、グウグウねむり、腹だけ妙に膨れるまで食い、そのくせ、怪しげな奴が来てもワンとも吠えず、かえって尾ッポを懸命に振る始末である。人が良いというのか、馬鹿なのか、近所の子供に石をぶつけられてもその時だけキャンというだけであとは恨みも憎しみも持続せず、また連中のあとをノコノコつきまとう。

生きる空しさを感じさせる駄犬

私は、リキさんの運んできたこの犬がラッシーとは雲泥の差であることを始めは嘆いておったが、しかし三日飼えば情がうつるの言葉通り、妙にこいつに愛着と親愛感とを持つようになった。なぜかと言えば、こういう番犬の役にもたたぬ犬こそ、社会のため世のために利すること一向にない不甲斐なき我が身とあまりに相似ていると思えてきたからである。私はまず彼の人のよさそうな面を愛した。主人や家族にはもとより、通りすがる誰にもうすぎたない尾ッポをふる姿をみると、疑心暗鬼にみちみち、他人というものを信用しなくなった我々人間をしみじみ反省させられるのである。

それに、あんた、犬がウンコをする恰好を見たことがおありか。何が寂莫としているといっても犬がウンコをしている恰好ほど、寂莫としたものはないね。くるしそうに後脚で立って、眼をむいてウンウンした表情で、尻で地面をふむようにして——あの恰好をじっと見ていると、ああ人生はクダラン、生きることは空しいという心境にさせられるのである。特にわが家の駄犬クロがウンコを力んでいる姿は、見る者をして世をはかなみ出家遁世《とんせ》させたくなること必定であるから、ぜひ、思索好きな人はご来訪を乞う。

駄犬の知恵

私が雑犬を愛するようになったのは、このクロを通してであったが、しかし、亡くなった先輩、梅崎春生氏も、思えば駄犬中の駄犬ばかり愛されるお方であった。氏の飼われていた犬はエスとよぶ雑犬だったが、夜になると酩酊したこの先輩は、私など後輩にモウロウとした涙声で電話をかけてくる。

「ぼくはワルイ男だ。ワルイ男」

「どうしてです」

「ああ父親を撲《なぐ》った。ぼくは自分の父親を」

「だって梅崎さんのお父さまは、とっくに死なれたんでしょ」

「そうです。でもね、父親は死んでエスになったんです。ぼくはエスを撲った。ああ、父親を撲った」

酔っぱらってくると梅崎さんの眼には自分の飼犬エスが亡くなられた父君にうつるらしい。父君こそご迷惑な話だが、撲られたエスもかわいそうである。

しかしこのエスは実に奇妙な犬だった。梅崎さんの書かれたものによると、もともとこの駄犬は梅崎家に向こうから勝手に迷いこんできて、そのまま居ついたというのであるが、火、木、土になるとブラリ、どこかに出かけて消えてしまう。そして月、水、金、日には戻ってくるのである。梅崎家にはさっぱりその理由がわからなかった。

ところがある日、梅崎さんが子供さんをつれて近所を散歩されていると、ている。

「あッ、エスがいる」

子供さんが叫んだ。みると、本当にエスが別の家の門内にチョコンと坐っているではないか。しかも犬小屋までチャンと与えられているのである。のみならず、梅崎さんの顔をみても知らんふりをしている。まるであんたとは無関係であるという表情をしている。

(なんという犬だ)梅崎さんは今こそハッキリわかった。戦後のその頃は今とちがって食糧事情もわるく、一軒の家で犬に十分な食事を与える余裕はなかなかなかった。そこでこのエスは駄犬ながら小さな知恵をしぼりだし、二軒の家の飼犬となったのである。つまり兼業したのである。彼は月、水、金、日は梅崎家の飼犬になりすまし、火、木、土は別の家の番をして――当時、人間も内職を随分やらねばならない時代だったが、世の世知がらさは雑犬、駄犬にまでかく及んだのであった。

「本当ですか。その話」

諸君の中にはうす笑いを浮かべて、私にそうたずねる方がおありかもしれない。しかしウソと思うなら梅崎さんの本を読まれるといい。梅崎さんは決してウソをつく人ではなかった。しかし、たとえウソでもいいじゃないか。君はなんで、そんなに理ヅメに物を考えるのか。こういう話は本当だと信ずる人こそ、イキなのであって、ウソと思う人は心なき人かなと兼好法師も言うている。

駄犬こそずっと人間的

つまりだな、彼の申したいことはこういうことである。駄犬、駄犬と馬鹿にすな、雑犬雑犬、馬鹿にすな。あのグータラな雑犬こそシェパード、コリー、テリヤ（いやな犬だな、チンとかテリヤとかスピッツとかは）にくらべると、はるかに人間的であり、時代の哀しさ、人間の哀しさを投影しているのである。

犬はその飼主に似るが、飼主もまた、その犬に似るのだと。これは犬を飼ったものでないと絶対にわからん事実なのである。拙宅のグータラ犬は、私とあまりによく似ている。彼は私と同じように世のため人のため役にもたたず、半日、グウグウねむり、人には愛想がいい。梅崎家のエスもまた梅崎氏にどこか大いに似ていたのである。

諸君、諸君がもし、お宅に駄犬をお飼いならそれをじっと観察したまえ。彼がうしろ脚で立ってウンコを力む表情をみたまえ。いかに諸君に似ておるか。駄犬こそ飼主の顔をうつす鏡だと言っても差しつかえあるまい。

そしてまた、諸君が駄犬を飼っていないなら一日も早く飼うことをおすすめする。

鼻もちならぬ洋行自慢

駆け足旅行で廻ったくせに

オウシュウに行く

ネコもシャクシも洋行できる世の中になった。まずは、めでたいかぎりである。外務省をのぞいてみると、パスポート申請のオッさん、おばさんたちが緊張した面持ちで、横文字のサインをやっとる。羽田に行けば早朝から一人の男が円陣にかこまれ、

「穴野尻作君、バンザーイ」

「バンザーイ」

まるで出征のときと同じ風景だ。たかがニューヨークやロンドンに出かけるのに友人、縁者、知人、ことごとく見送らんでもいいだろうと思うのだが、そうもいかぬらしい。

「よオ」

「やア」

「やっとるね」

「やっとるよ、元気かね」

「うん。元気だが、当分、もう君には会えんかもしれんのだこのオレは」

「変なこと言うね、なぜだ」

「実は今度ヨーロッパに行くことになってね。ハッ、ハッ、ハ」

うれしそうに笑いながらパスポートなんか、ちらつかせる。やはり外国へ旅行するということは大の男にとって得意であるらしい。チェッ、なんだよ、たかが外国旅行ぐらいで天下とった顔すんなと思っても、こっちには金なし、チャンスなし。そこで考えたあげく、バーなどで、

「二、三日中に、オレはオウシュウのほうにいくことになってね」

ホステスたちは羨ましそうに、

「オウシュウに行くの。羨ましいわ。ステキ、つれてって」

「ああ、つれていってやっても、いいよ」

「ほんと。ウソじゃないでしょうね」

「ほんとさ。オレ、生まれてから坊主の髪とウソはいったことない」

てなわけで、本気にしたホステスと五日後待ち合わせて、仙台に行った奴がいる。

「ウソつき、オウシュウに連れていくなんて人をだましてさ」

「何がウソだ、ここは奥州じゃないか」

こういうことばかり考えている狐狸庵《こりあん》は人にバカにされる。しかしバカにされても

かまわねえやねッ。

閉口する洋行じまん

しかし何んだなあ。君の先輩、同僚、知人におらんかい。わずか、一か月か二か月、アメリカかヨーロッパを駆け足旅行でまわってきたくせに、とっくに外国の政治、経済、文化、生活、すべての「通」になったような得意づらで、二口めには「アメリカじゃあね」「ヨーロッパじゃあね」とふりまわす御仁。あるいは旅行話を幾度も幾度も部下や後輩に話してきかす御仁、あれは閉口するなあ。

「君い、アメリカじゃあね。芋にミルクをかけて食うんだ」

「へえ、芋にミルクをねえ。本当ですか」

「そうさ。芋にミルクをかけて朝食にする。ありゃ日本にはないけれど、実にうまいもんだよ」

なに、この御仁、コンフレークを芋にミルクをかけて食うと錯覚したわけで、コンフレークなら日本のどこにでもありますがな。

こういう御仁は無邪気でよろしいが、鼻持ちならぬ洋行がえりに三種あり。

やたらと英語を使うバカ

第一種は帰国後、やたらと会話のなかに英語を入れて使う手合いでしてな。

「グッド、モーニング、ジェントルマン。いや昨日は天気もベリ、ファインだから、ワイフとチルドレンをつれて大磯に行ったんだが驚いたねえ、また日本の米国模倣がはじまって、大磯ロングビーチなんてできてるんだが。あんなもんじゃありませんよ、ワイキキなんて。ぼくがワイキキに行ったときはね」

またか、と同僚たちはイヤな顔をするが当人一向お気づきでない。

「いや、その海のビューティフルなこと。そしてビューティ・ガールスの多いこと。日本みたいに海もきたなく、大根足の娘たちがウロウロしているのとちがうよ。全くビューティフルの一語につきるね」

「そうですか」

「そうだよ。そのビューティフル・ガールスの一人がつかつかと、ぼくのところに寄ってきてジャパニーズかときくんだな、イエスと答えると、ジャパンにぜひ行きたい。ちょっと一緒につきあってくれんかと……向こうの女は積極的だからねえ。やりたいことしたいことはフランクだよ。フランク。日本の女とそこが違うな。一緒に泳いで、向こうが言うんだな。ユー、キャン、スイム、ベリ、ウエル。オレ、答えたよ。サンキュー、ユー、オルソウ。それで意気投合しちゃって、あとはご想像にまかせるよ、ハッ、ハッ、ハ」

なにがご想像にまかせるだ。なにがハッ、ハッ、ハだ。第一、こういう連中は外国ではただオロオロ、キョトキョトしているだけで外国人の女性から偶然、話しかけられても顔面紅潮、男子七歳にして女子と席を同じゅうせずとばかりガタガタふるえ、イ…エ…ス、イ…エ…スというばかりなのだが。日本に戻れば、だれも知らぬが幸い、出まかせに、自分がもてたようなことを言うのである。

いるでしょうが、諸君のまわりにも。洋行がえりのこんなオッさんが。

ホラを吹くバカ

第二の洋行がえりの型は、向こうで大物ばかり親しく会ってきたようなことをホラふく連中である。これは映画やファッションや美容の世界で働く女性に多い。

「わたくしがハリウッドで、ジョン・ウェインのお宅に昼食におよばれしました時ね、ウェインはわたくしの着物を随分ほめてくださって、ぜひ、美しい日本に行きたい、日本に行ったらミミー(自分のことなり。ちゃんとした日本名あるにかかわらず、おのれのことを向こうでミミーとか称してきたことが彼女、大得意なり)の案内で日本を見物したいと、そうおっしゃるんでございますのよ。そのとき、わたくしがジョン、日本では映画をおとりになる気はありませんのと、そうお伺いしましたら、チャンスがあったらぜひとりたい、そうお答えでしたのよ。本当にそれが実現すればうれしゅうございますねえ」

　男にも同じ型がよくいる。

「オレがだな、A・B・Cカンパニーのミスター・コーションン君、奴、カルフォルニアの財界では大物だが——彼と会ったとき、奴はオレをゴルフに誘ってだな、あとで一緒に小便もやったぐらいだ。そこでオレが日本じゃ、こういうのを臭い仲というと言うてやったら、奴、大笑いしてだな、アメリカでも同じ言葉があるというんだな。そこでオレたちは臭い仲から一歩すすめて義兄弟としてつきあおうじゃないか、まあ、そう言うてきたんだがね」

　実は彼、向こうでそのコーション氏という大物と握手だけし、頭をペコペコさげ、それで終わったのであるが、夢は現実と一緒になり自分でも見わけがつかんようになり、帰ってからも、こういうホラをふくのである。

国粋主義者になるバカ

　第三には、ひどく国粋主義者になって帰国する洋行型がいる。これは最近、出現しはじめたニュー・ルック型で、まだ数少ないが、時々おめにぶらさがる。

「向こうで英語、話したかって？　冗談じゃないよ。日本人だろ。堂々と日本語でドナってやったさ。レストランに入ってもだな。ミズ、モッテコイ怒鳴りつけてやるのさ。

するとボーイがかしこまって、イエス、サーと一礼、ちゃんと水をもってくるから妙だね、グッドモーニングなんて一度も言わなかったぜ。おい、このやろう！　こう言うと向こうはペコペコだ。大体、向こうにいっている日本人は妙な白人コンプレックスにかかっとっていかん。堂々とやりゃいいじゃないか。日本語で押し通せばいいじゃないか。グズグズ文句言うなら、ジュウドウ知っとるぞ、そう一発ぶっつければ、縮みあがるんだな、毛唐は。日本男子ここにありで旅行してきたよ」

しかしこういう心理もまた劣等感の裏がえしであることをご当人、お気づきじゃない、何も日本人と威張らず、毛唐と見くびらず、ごく自然に、ごく普通にやれんもんかいな。

バーなどの主人でちょっとぐらい外国に行った奴と、これまたちょっとぐらい外国旅行をしてきた客の会話ほど、横で聞いていて愚劣にして滑稽なものはないなあ。

主人「おや、お客さんもブルターニエの方に。ぼくも昨年、組合の連中と一緒にブルターニエにいきましたよ」

客（鼻白んだ顔で）「ふうん、ブルターニエじゃないだろ。あれはブルターニュというんだ。少なくともぼくの行ったのはブルターニュだがね」

主人（ムッとして）「ブルターニュ。知ってますよ。そのくらい。しかし向こうの土地の人はブルターニエと発音してるんで、この方が正確なんだと、私はききましたね」
客「へえ、向こうの土地の人がねえ。ぼくは向こうに一か月も滞在してたが一度もブルターニエという人間に会ったことはないがね。まあ、いいさ。ブルターニエか。もっとも向こうじゃ、変な発音しても大目にみてくれるだろうな」
主人「まるで、ぼくがブルターニエに行かなかったようですね、今のお話では。おい。（そばのボーイに）山田。ぼくはたしかにフランスに行ったろ。え、返事しろ」
客「なにも君がフランスに行かなかったとはいっとらんよ。ただブルターニエとはおかしいと言っただけなんだ。君は向こうにどのくらい、いた？」
主人（ちょっと、弱気になって）「二日です」
客「二日ぐらいじゃ、滞在したとは言えんよ。ぼくなんか、一か月だからね、一か月」

人間の運命を変えるもの

ばかにできない生理現象

女子専用トイレなし

女子学生というのを諸君、ご存じか。おそらくも大学在学中のころはあの手合と随分おつきあいなされたことでありましょう。そのころ、諸君はあの連中を何かまぶしい花をみるように窺いながら、胸ときめかしておったのではないか。

かく申す拙者《やつがれ》は終戦直後、大学の一年生でしてな。その時、はじめてといっていいくらい女子学生が大学に入学してきたのである。

今とちがって、小学校をのぞいては女の子などと席を並べて勉強したことはない封建下に育ったわれわれに、彼女たちは何とまぶしく、花やかにみえたことであろうか。

わが慶応大学には当時、聖心女子学院ちゅう、お上品学校からの進学者が多くてな。

「あの、次のご授業のお教室は……どこでございますの」

そんな言葉は姉妹にも使われたことはないから、拙者などドギマギして、

「はっ。次のご授業のお教室はこのお廊下を右にお曲がりになった三番目でございます」

懸命にお答え申しあげたもんである。向こうはこっちのドギマギに気がついて、

「オ、ホ、ホ、ホ、ホ、」

なにも笑う時にまで、オをつけなくていいじゃあねえか、聖心の学生。

あのころ、大学も困ったろうな。今まで男の学生ばかりウロウロ、ガヤガヤしておったところに、女子学生がなだれこんできたから。手ぬきが随分、多かったなア。たとえば女子学生用の便所なんかなかったからね、あのころ。

「おーい。おメエら、なぜ。便所の前に列つくってんだ」

「はいってんだよ。二人」

「はいってるって。何がはいってるんだ」

「女子学生が二人、俺たちの便所、使ってんだよ」

てなことで、まさかこっちはウラ若い女性がご使用遊ばされておるご不浄に侵入することはできんからね。みんな尿意の刻々と烈しく迫りくるを我慢しながら、足ぶみやっておる。バタバタ、ドタドタ（靴音ならしながら）

「うーん、まだか」

「まだだ、まだだ」

「俺はもう駄目だ。洩るで」

「俺も洩るで。だれか、中をちょっと、覗いてくれえ」

もうすんだかと中を覗いてみると女子学生二人が涼しい顔をして鏡の前で髪すいてんですよ。こっちの苦痛も知らぬ顔で。「あの……中村先生のご授業、明日、あるかしら」「いいえ、明後日よ」などと言いながら、こちらは「洩るで」「洩るで」と大騒ぎであった。

偉大な哲学も生理現象には無用

あれから歳移り、月かわり、慶応大学にもめでたく女子学生、専用便所もできたそうで、わが後輩たちも先輩のわれわれと同じ苦しみをあじわうことはあるまい。

しかしだな。尿意を烈しく催した時に便所に行かれんということは、全く想像を絶した苦痛ですな。どんな大学者だって、偉いお方だってこの時ばかりは、どんな哲学、どんな宗教だって役にたたんのではあるまいか。カントをもちだそうが、ヘーゲルをもってこようが、はたまたコーラン、仏教聖典、新約聖書のことを考えようが、波のように迫りくる尿意のくるしさには何の役にもたたんのではあるまいか。

つまりすべての宗教、すべての思想もこの生理的現実すら克服できんという事実に、二十世紀の悲しさ、実存的悲哀というものがあるのではないだろうか。

わが深い研究によると尿意を烈しく催し、脂汗ながしてそれを我慢している時は、波のような起伏があってな、ウーン、出そうだ。洩りそうだ。それを必死で耐えておると、アナふしぎ、心頭を滅却すれば火もまた涼し、一時的に急に、この尿意が引き潮のように引いていくことがある。されど、これで安心してはならぬのであって、一分後、あるいは二分後に、ふたたび波は押しよせてくるのであるから、ここが肝心である。しかも次に押しよせたる波はさきほどよりももっと強力にして、この時は、われらもあるいは足をくみかえ、あるいは頭かきむしり、全力あげてこれに抵抗し、押しかえさねばならんのである。押しては引き、引いては押しよせる大阪城夏の陣のごとき血みどろの戦いがそのあと続くことも覚悟しなければならんのである。

何とふかい考察ではなかろうか。何とみごとな体験的観察ではなかろうか。諸君も今の個所を読み、「真理は万人に真理」という言葉をハタと膝うって思われたことであろう。

この人は今、アレと戦いつつあるのだな、とすぐわかるような表情にぶつかることがある。電車のなかでつり皮にぶらさがり、そばの友人が、

「おい、どうも今度の大洋は弱いなア。最下位になるとは思わなかったぜ」

「…………」

「なぜ黙ってるんだ。気分でもわるいのか」

「ウ、いや、ウ」

「大洋はいいピッチャーがいねえから弱いんだ」

「ウ。うん。太陽はまだ弱い。まだ夏じゃない。ウ、ウ」
「なに言っとるんだね。お前あ」
トンチンカンな返事ばかりして、歯をくいしばるようにして窓をみつめ、時々、体をふるわせている御仁があれば、これは必死でアレをこらえていると思わねばならん。

トイレで人間観察

しかし、人間の虚栄心がいかに根づよいものであるかを知るためには映画館の休憩時間、便所を覗いてみるにしくはない。便器が五つ。この便器がことごとく既に占領されておって、一つずつに三人、四人の男たちが順番を待っておる。

彼らはどれも早く、便器の前にたちたいのである。なぜなら彼は甚しく尿意にせまられているからである。だから、ある者はイライラし、ある者は足をふみならして順番のまわるのを待っているにかかわらず、ここに虚栄心のまだ強い男はただ、たんに他の者たちに優越感を感じたいため、

(俺はお前らとちごうて、そんなにしたくはないんだぞ)

それを誇示したいために悠々とタバコなどをだし、カチリとライターで火をつけ、紫煙を吐きだしてみせるのであるが、何も臭い便所でタバコをすわなくてもよかろう。これはあきらかにつまらん虚栄心のなせる業であって、こういう便所でもわれわれは

人間の観察はできるのである。

生理現象が人生を一変

諸君はあるいはこの本の貴重な紙面を拙者が生理的現象の観察などによってむだに費やしておるると憤慨されておるかもしれんが、この尿意によって人生の局面が一変することさえあることを諸君もよく考えていただきたい。

たとえばだ。拙者の友人で、Aという気の弱い青年は、かねてから心ひそかに愛しておったTという令嬢に何とか愛をうちあけんとして、ようやくデートを重ねること数回。向こうもこちらを憎からず思うておるかもしれんと考え、ある日曜日、今日こそは心のうちを述べんものと、ビヤホールにつれこみ、

「T子さん」

「まァなんですの、急にコワイ顔をなさって」

「T子さん」

「ぼかァ……」

ぼかァ……と言いかけて勇気づけにビールをのみ、また、

「T子さん」

「まァ、なんですの。そんなコワイ顔をなさって」

なり

また、ビールをのむ。そのうちにこのビールが段々、たまりはじめ、烈しい尿意に

「ぼかァ」

「ぼかァ……ウ、ウウン」

「まァ、なんで顔をしかめていらっしゃるの」

「ぼかァ、失礼、ごめん」

たまりかねて、便所にかけだす。ああ、俺は何というドジをふむ男だと後悔、痛憤やるせないが、意地悪な生理現象は恋の思いも邪魔してしまう。彼女は彼女でせっかくロマンチックなところまでいったのに一目散、便所にかけこむような男にはもうすっかり幻滅し、

「Aさん、もう帰りますわ」

こういう実例が本当にあるから、生理的現象といえども、人間の運命をひっくりかえすことがあるのだ。

しかも諸君、この現象はわれわれのような凡人のみならず、カントにも訪れ、マルクスにも訪れ、ブリジッド・バルドーにも、ビートルズの坊やたちにも、美空ひばりにも、司葉子にもみな訪れることを考えれば、寂しい時、辛い時、諸君の慰めとはならないか。しかり。諸君、さびしい時は次の唄を歌えよかし。

アア〜
ソォクラテスもウンコした
ドゴール大統領もウンコする
美空ひばりもウンコした
人間みなおんなじだ。

ばからしい人間の集り

披露宴にみる人間の醜態

招待状を嫌がる連中

どんな阿呆でも馬鹿でも、どんなスベタでもオカメでも一生のうち秀才、美女と人に言われる二時間がある。結婚の披露宴である。

しかし招かれるものにはこれをありがた迷惑に思う連中がある。彼等に言わすと理由は三つ。第一に披露宴に招かれた以上、新郎（もしくは新婦）宅にプレゼントせねばならぬ。これは意外の出費である。

「あなた、Aさんから結婚披露宴の招待状が来てますわ」

「そうか」

「そうかじゃありませんよ。何か贈り物をしなくちゃ。それにあたし、招かれても着ていくものがないヮ。どうしましょ」

というわけで、この金ぶちの招待状が舞いこむと、思わざる出費に悩むものだそうだ。

第二に披露宴にだされる食事はマズい。○○ホテルのフルコース。○○ホテルの料理、それが結婚式の時はなぜマズくなるかというと、人間、畏って食事をすると医学的に胃酸が分泌しないからである。

第三に他人が幸福そうな顔をしていると、こっちの面白くもない毎日が余計に灰色にみえてくる。花嫁がうつくしいのをみると、うちの古女房の面《つら》の拙さが、今さらのように認識されるそうだ。

このように、披露宴招待状をもらうと、悦ぶどころか、イヤアな顔をする連中もいるから招待客をえらぶ時は、小生のような素直な、あかルウい人間を第一に選択すべきである。

招待状大いに歓迎

小生はこういう連中とちがい、結婚の宴席に招かれるのは実にたのしい、なぜ楽しいか。それはあの披露宴で、色々なお方の演説やテーブル・スピーチを聞くことができるからである。諸君もこの種のテーブル・スピーチをきかされたり、やらされたりしたことがおありだろうが、今後、そういう機会のある時のためにおねがいしたい。

長いトップの演説

「うまい演説やスピーチとは短い時間できりあげることにある」と、かのカーライルが言っておるように（本当かね。本当らしいですよ）、どんなに長くても二分以内にスピーチをまとめていただきたい。司会者もたくさんのお方にスピーチをたのみ、ダラダラだらけさせずにパッパッと切りあげてもらいたい。えてして、披露宴のトップやセカンドに立つ爺さまたちの演説は牛の尿よりも長いもんで、ありゃ困りますなア。

「ええ、本日の新郎の厳父、山田喜左衛門さんと私とは幼なじみでありますが、この山田喜左衛門さんは雨の日も風の日も小学校を一日も休まず出席されて、その卒業式には小川源太郎ちゅう校長から皆勤賞をもらったのでありますが、この小川源太郎校長の息子は日露戦争の折り、ロシア軍のたてこもった旅順で名誉の負傷をとげられたのでありますが、その奥さんという方が立派な人で負傷した夫を助けて畑を耕し、子弟を教育し、村でも一番の働き者といわれたのでありますが、この家に柿の木がありまして、秋になると山田さんとこの柿の実をよく奥さんからもらって食べた思い出があるんであります」

というように新郎とは全く関係のない人間のことをダラダラ、ダラダラ、他のお客はそれでも冷えたスープを眼の前にしながら畏っているのは全く阿呆らしい。

客を疲れさす気取ったスピーチの例

司会者「まことに結構なお話をありがとうございました。それでは次に新郎の上役で凸凹製粉の庶務課長をやっておられる矢島晶三さんにお願いいたします。矢島さんどうぞ」

矢島「アー、ガー、ガボ、ガー（マイクの雑音ナリ）ただ今、はからずも私に指名いただきまして、突然のことゆえ、この光栄なご指名にどう応じようか、戸惑っている次第であります。本日はまことにおめでたい日でありまして、この四月五日には歴史をひもときますと、世界切手博覧会がアムステルダムで開かれた日であります。またナポレオンがパリに凱旋した日であります。まことにおめでたい日であります。（ナニガメデタイモンカネ）また有名な美空ひばりさんの生まれた日であり、さらに鼠小僧が捕われた日とか聞いております。まことにめでたい日であります、さらに日本で初めて水洗便所がとりつけられた日でありまして、これによって我々は人プンの臭いから解放されたのであります。一体にこの人プンだけは我々、毎日、製造するもので、どうしようもないのに、みなから嫌われるのでありますが、実は今日の新郎も私もフンを毎日作る仕事をしております。しかし、フンはフンでもこれは皆さまに嫌われるフンではなく、粉の方のフンでして、わが凸凹製フンは……（ダレモ笑ッテクレナイノデ、気ヲオトシテ）……資本金、五千万円、社員三百人……」

当人は四日前ぐらいから、随分このスピーチを考え、女房子供の前でも練習したのであるが、これも先ほどの老人のそれと同じようにダラダラして牛の尿のごとく、客をいたずらに疲れさすのみである。

客を当惑させる感傷的なスピーチの例

司会者「どうも、ユーモアあるスピーチ、ありがとうございました。(ナニガユーモアアルスピーチダネ)では次に新婦の卒業されました尻臭女子短大の大村サト先生におねがいしましょう。大村先生、どうぞ」

大村(絶叫的な声で)「今川さん。いえ昔のように千恵子さんと呼ばしてくださいね。あたくしは千恵子さんの今日のうつくしい花嫁姿をさっきから、この片隅で拝見しながら、胸にあつーいものがこみあげるのを禁じえませんでしたのよ。それはあたしだけでなく、あなたをお教えした尻臭短大のすべーての先生や屁軽校長先生がもしここに来ていらっしたならば、みんなみんな、おなーじ思いだったでしょうね。

千恵子さん。あなたは学校ではそれほど目だたない学生でしたけれど、運動会のときはいつも活躍されて、百メートルなんかでトップで走っていられたのを、あたくしは今でもよくおぼえています。そして、あなたのことで一番、記憶のあるのは、学校のバザーのときで、その時、あたくしがバザーが終わったあと、なにーげなく校舎をまわっていますと、あなたはお客さんのお使いになったお便所を一人で掃除していましたねえ。あたくしはその時あー、これが尻臭短大の教育だ。あたくしたちが平生からお教えしていることが、このように学生に稔ったんだと、心から嬉しゅうございました。（絶句した後）どうか、千恵子さん。その時の便所を掃除した気持ちを忘れないーで、そのまま、それを結婚生活にも生かしてくださいね。そーして、尻臭短大の卒業生の模はーん的な花嫁さんになってくださいねー」

こういう女の先生の感傷的というか浪曲的というか、声涙くだるスピーチをきかされると、客はみな当惑したような変な顔をしてうつむくものである。

当人がいやがる露悪的なスピーチの例

司会者「心にしみいるようなただ今の大村先生のお言葉、花嫁も感動してきいたことでありましょう。（イランコトヲ言ウナ。司会ノクセニオ前ハ少シデシャバリスギルゾ）それでは新郎の学生時代の友人、鼻糞真黒さんに素っぱぬいてもらいましょう」

鼻糞「えーと本日はおめでとうございます。さっきから花嫁さんをここからみて、実に羨ましいと思ってました。そしてぼくも一日も早く、山田君のように美しい花嫁さんをもらいたいと考えていたのです。みなさん、そういう娘さんがいたら、ぼくにも紹介してください。これから彼の家にたびたび遊びにいって、マージャンなんか徹夜でやることもあるだろうが、山田君の奥さんなら決してイヤな顔をしないと我々友人は思うております。それからさっき伺ったところによりますと、花嫁さんはすごく料理がうまいそうですから、我々が遊びにいったらうんとごちそうしてください。断わっておきますが、ぼくはニンジンが嫌いなので、できたら肉料理でニンジンぬきにしてください。ソースはうんと使ってほしいと思います。さらにお願いしておきたいことが一つありますが、山田君はぼくら友人の間では下着をとりかえぬ男として有名なので、ソバプンという仇名がつけられていたくらいであります。なぜソバプンというかと言いますと、山田君のソバによると、下着の腐ったような臭気がプンとにおうからで、ソバプンなんですが、今日はさすがに結婚式ですから彼も真新しいパンツをつけたことでしょうから、そんなことはないと思います。（仲人、新婚夫婦ハ顔をシカメテ嫌アナ表情ヲスルガ、当人一向ニ気ヅカズ、マスマス調子ニノリ）ですから花嫁さんにお願いしたいのは、旦那さんの猿股を毎日とはいいませんが二日に一度は変えてもらいたいことでして、独身時代のように油と醬油で煮しめたような臭気プンプンの下着はみんな捨てて、そしてソバプンという汚名を捨てさせてください」

当人、こういう露悪的な話がみなに受けると思う頭の鈍い青年らしく、次から次へと花むこ、花嫁、仲人が顔をしかめるような出来事を客たちの前にさらけだすのであるから、聞いている我々も、どういう表情をしていいのかわからない。それから、宴会の後半でスピーチさせられる客はいい面の皮である。客たちは誰も聞いていないからである。ガヤガヤ、ザワザワした中で一人でしゃべっている。

藤井「というわけで（ガヤガヤ）しるかに（ザワザワ）運動中（カチカチ）ピョンとはね（ガヤガヤ）私も私の家族も（ザワザワ）以上（カチカチ）ご静聴（ガヤガヤ）」

なにをしゃべったのか当人にも客にもわからない。ただ司会者のみが、

「ただ今は、また結構なお話、若い二人のハナムケになりましたでしょう。ではさらに花嫁さんの同級生であった穴丸安子さんにお願いしましょう」

客たち、もう疲れきった表情、これが結婚披露宴というものなり。

人生どうせチンチンゴミの会

わが風流の集い

迷いこんだ〝迷文〟

暑いの。退屈だの。

東都はなれること八里、朝夕は山里の涼しき風が肌に心地よい、ここ、柿生の里ではあるが、それでも日中はややたえがたい。庵《いおり》とりまく雑木林もなにやら草の熱気むんとして、桔梗、つり鐘草の花もうちしおれ、水を求めて群がる小鳥のみ、しゃがれた声で鳴きおって、わが午睡をさまたげるヮ。

かえりみれば六年間、俗世を捨てて花鳥風月を友とせんとこの山かげに草廬《そうろ》をあんだ狐狸庵であるが、花の春、月の秋、雪の冬とちごうて、この夏だけはどうも風流生活にむかんようだナ。恥も外聞もなくフンドシ一枚になり、渋団扇《しぶうちわ》せわしく動かし、日中は溜息ばかりついて夕暮れのくるのを待つ。情けないものだ。

「郵便――」

「御苦労ッ」

こういう山里にも郵便だけは来る。郵便配達夫は鶴川とよぶ村からテクテク山路をのぼってくるのだから、大変なものだナ。咽喉が渇《かわ》かれたとみえ、庭の筧《かけい》から水をうまそうに飲んでおられるワ。

封を切ってみると、わが風流の友、A君からの便りにして、「闇鍋、我慢会の案内」とある。

「葉月《はづき》の炎熱、耐えがたく、墨田川に涼を求めし古人の心に習わばやと、杖引けども川面の悪臭、河岸を走るトラックの排気ガスにたまりかね、もはや東京には江戸なしと今更のように嘆き候、されど嘆きつづけるも甲斐なければ、ふと思いたちて、かの鯉丈先生が八笑人のひそみに倣い、『チンチン、ゴミの会』の同好の士を集め、炎暑闇鍋の会を催したく、大人《うし》にもお知らせ申上候」

なかなか迷文、来年の東京大学入学試験の問題にとりあげては如何《いかが》。この本の読者よ。右の手紙のなかに文章、文法の誤り幾つあるか、おわかりかの。

ははア、また、あいつ奴《やつがれ》がと拙者苦笑いたしました。このA君とは餓鬼《がき》の頃からの友。竹馬の時から、おたがいに世のためにもならず、人のためにも役だたぬチンチンのゴミのような人間になりたいものと、たがいに相つとめた結果、その志どおり、めでたく我も彼もチンチンのゴミのような者となり大いに満足しておる。諸君のなかにもこの狐狸庵やA君のように、世の中で働くのもメンドくさい、何をするのもメンドくさいと思うお方はおられぬかの。我等は三年前より「チンチンのゴミのような連中の会」というのを作っておりますれば、入会されることをお奨めする。

美智子妃に投げられた石

当日、庵の戸をパタンとしめ、袋ぶらさげて東京に出むいた。

いやはや、東京は暑いの。汗をふきふき、A君の寓居に赴けば、さすがは江戸風流の男、玄関に打水のあとも涼しく、藤棚の下には植木鉢などならべ、

「ごめん」

「これは、これは、狐狸庵か」

既に集る者は、チンチンのゴミの常連、日念暮亭《ひねくれてい》主人、金玉嘉雪翁、我楽多《がらくた》山人それにA君と、いずれもこの炎熱の中にわざわざドテラ襟巻など着て、

「うーむ、涼しい」

「いや、涼しいどころか、寒いぐらいだ」

「いや、鳥肌がたつワ」

などとわめいておる。こいつらバカじゃなかろうか。

そのうち大鍋がはこばれてまいりましてな、中に醬油と化学調味料とを一寸入れまして、やがて灯を消し、このなかに各自持参のものを放りこむのである。だが、まだ陽はあかるい。

「我楽多山人、近頃はお珍しいものを手に入れられましたかな」

我楽多山人は東京・世田谷に住む。山人は有名なコレクション・マニアにして、その収集した珍物には定評あり。

「いやあ、最近はな、なかなか掘出物ものうて。しかし、珍しい石を一週間ほど前、入手いたしましてな」

「石？　メノウか何かで」

「いや。そんなくだらんものではありませぬ」

ドテラの奥に手を突っこみ、何やら探しておるようであったが、やっと大事そうに錦紗《きんしゃ》の布で包んだものをとり出し、おもむろにそれを開く。

「これでございます」

「我楽多山人、これはただの小石ではありませぬか」

「はて、ごめんくださいませ。我々にはただの石としか見えませんな」

「十年前、美智子妃殿下が御婚儀のあと、馬車で宮城より出られた折、某少年が、小石を投げつけるという御無礼を働いた事件をお憶えか」

「そういえば、そのようなこともありましたなア」

「その時の小石ですぞ。この小石は」

「ほう、この小石が」

「珍しいッ。実に珍しいッ。これが、あの時、某少年の投げた小石ですか。珍しいッ。実に珍しいッ」

「さよう」

阿呆かいな、と読者のなかには思われる人もあるかもしれぬが、しかしその御仁は風流を解せぬ人である。話すに足りん、どうせ、どう転んでも退屈きわまる世の中だて。こんな会の一つ、二つぐらいあってもよいのではないか。

〝悪食〟もまた楽し

さて日も落ちぬれば闇鍋をはじめる。灯を消し闇のなかで各自持参のものを鍋のなかにそっと入れる。何を入れるかはそこは秘密で、ただし食用に値する衛生的なものでなければならぬ。

「大分、煮えてきましたな」

「そろそろ試食するとしようか」

鍋の中に箸を入れて何やらつまめば、

「や、や、これは何だ。西瓜の皮ではないか。うまい、実にうまいッ」

「私、メダカを五匹ほど入れておきましたが、どなたか、箸にかかりましたかな」

「メダカですか。いや小さすぎてどこにあるのやらわからぬ」

ワイワイがやがや、箸をうごかし、食べたのやら食べぬのやら、さっぱりわからぬが、そこは風流人の集り。

「いやア、満腹、満腹」

「近来にない馳走でありました」

みなみな今宵の主人、A君に礼をのべ、それぞれ引きあげていく。

夜半、狐狸庵に戻れば、月は赤く大山の向こうにかかりて、昼の暑さもどうやら肌に涼しく、ああ、今日もこれで一日終わったと、何やら馬鹿馬鹿しき気持ちである。

さりながら恥をしのび、このようなわが風流の一日を読者諸君に御紹介したのも他でもない。こういう狐狸庵が書くことであるから、どうせ、チンチンのゴミにもひとしきことばかり。この閑話によって人生に目をひらかされたとか、大いに悟るところがあったとか、絶対に絶対に期待しないで頂きたいと、これだけは手を合わせておねがい申し上げる。この本をお読みになる方は、まず怠け者、ぐうたらでは他に負けぬとお思いの方、何ごとにも退屈また退屈のお方に限る。

人生とは退屈なり

わが某月某日の記

風流とは退屈なもの

暑いな。しかして退屈であるな。

五年ほど前、ここ柿生の山里に移りすむまえ、渋谷の町なかに陋屋《ろうおく》を結んでおったのであったが、その時は昼は庭のへちま棚の下で書を読み、昼寝などなし、庵《いおり》とじ、渋谷におり、女中相手によく塩のきいた枝豆で、チビリ、チビリ、とやるのが楽しみであった。

それがこう、俗塵嫌うて山里に住むとな、むかし馴染んだ酒亭におもむくのも何かと億劫で、一人、夕餉《ゆうげ》すませば雑木林のなかで渋団扇《しぶうちわ》パタパタ鳴らしつつ、蝙蝠《こうもり》の夕空に飛びかうのをぼんやり眺めておる始末で、これは余り大声で他人さまには言えぬが、風流とは退屈なものだて。

先日、ひどく暑い日がありましたろう。あの日は流石《さすが》、花鳥風月を友とする拙者もたまりかね、早々に夕暮れ、草廬《そうろ》を出て東都は芝、笄《こうがい》町にすむA君を訪れましてな。

「ごめん、在宅かな」

ところがA君の気色もすぐれない。

「暑気あたりではないかの」

「いや、昨日より、どうも軽い腹痛で……なに、苦しいと言うほどではないワ。歓迎。歓迎」

そこは通人、A君。腹痛にもかかわらずにこやかに笑い、友を迎えてくれる。乃木将軍とステッセル。庭にひともとナツメの木。

やがて暗くなる。友あり遠方より来るであるから、夕食ぐらいは出してくれるであろうと、心中ひそかに期待しておったが、向こうさんは一向にその気配もみせん。

「いや、なんだな。腹痛ならば夕餉も控えるつもりだろうな」

それとなく謎をかけるとA君、急に声をひそめ、

「うむ、夕食も夕食だが、チト探りたいものがあってな」

「ほう。探りたい。何を」

「赤坂にCという大きな喫茶店があろうが」

スウェーデン風接待？

その大きな喫茶店なら狐狸庵も知っておった。道路に面した大きなレストラン兼喫茶店で、中に入ったことはないが、何やらサーカスの広告のような若い男女がいつも

ウロウロしとったな。

「その店に来る常連のなかでトミ子とか言う娘がいて、その娘にそっと訊ねると」と、A君はひどく深刻な顔をして

「あるマンションを教えてくれるそうだ。つまり……何だな……言いにくいが、そのマンションでは……スウェーデン風接待をすると言うので……」

「よしなさい。莫迦莫迦《ばかばか》しい、あんた、年を考えなさい。年を」

狐狸庵は正直な話、かかる週刊誌に載っておるような秘密ありげな話はどうも好かぬ。

そんなものはわが風流の道とは何の関係もない。だが、その日は夜になっても暑かった。それにA君が一向に夕餉を出してくれぬので、

「ではそのCという店で、あんた、トミ子という娘と話されるがよい。我輩は夕食をとるから」

そう言って外に出たのであった。

問題の大きな店にはいったがな、狐狸庵の想像した通りであったな。右にも左にも不良外人らしい手合がキョロキョロ女子を物色しておって、しかも相手になるらしい娘たちというのが、これ亦《また》、一週間も入浴したことのないようなアカじみたうすぎたない小娘たちで、ジーパンにサンダルひっかけ、しかも親からもらった黒髪を金色、

栗色にそめて、眼にも青い絵具を塗り、御先祖さまが見られたらさぞかし泣かれたであろう。流石にA君もションボリとして、

「いやはやこれは絶望」

馬鹿馬鹿しくなり外に出ようとすると、女か男かわからん女がそっとよってきて、兄ちゃま素敵よ、という。馬鹿もん、何をするかッと一喝したが、あれは男娼といわれる手合であろう。

夜も大分ふけたようだがまだ暑い。A君を誘って、青山まで歩き、涼を求めて外苑を漫歩せんとす。ここは東都にただ一つ、樹木多くして巴里のナポリをしのばせるからである。このあたりからA君また元気なく、

「どうも腹がいたい」

さらば廁《かわや》をさがさんと、ほの暗き外苑の樹立のなかに公衆便所を求めてはいったところが驚いた。

月光の下の異様な光景

月の光ほのあかるく枝の間から洩れさすなかに、何やら妙な形の樹木があるわいと思って、ふと眼をやれば、これが人間でしてな。若い男が突ったって両手をひろげ、まるで木の恰好を演じておるのである。

こちらも異様に思い、じっとその男を注目しておると、向こうはがっかりしたように、

「何だ、男二人か」

「早く行ってください。獲物が逃げるから」

我輩、この男をはじめどこかの劇団の研究生で、樹木の精霊になる演技でもひそかに研究しておるのかと思ったら、そうではなかった。こいつノゾキ屋と称する手合で、忍んでくるアベックたちの生態を、じっとのぞき見する連中なのであった。こうして樹の恰好をしておれば、アベックが安心してそばに寄ってくると考えたらしい。さきほどのCという店にうろつく少女といい、この手合といい、ろくなことをしょらん。近頃の若いもんは。

「そんな恰好をして木になったつもりかね」

「まア、そういうことです」

「アベックたちは本当に君を樹木だと思うかね」

「アベックだけじゃないよ。犬だってぼくを木だと信じたんだから。いつか犬がね、ここでぼくに片足あげて小便かけようとしたもん」

得意になっとるのである。馬鹿じゃないのか。近頃の若いもんは。

「アベックなぞおらんじゃないか」

「いますぜ。あっち、こっちに。木の上にもいる。ほれ、あそこを見ろよ」

男のそっと指さす方向に眼をやると何と本当で、高い榎の半ばあたり、幹が二本別れるところ、二つの影がうごいておるワ。なにも木にのぼってキスをせんでもええじゃないか。

「あいつ等、ぼくらに覗《のぞ》かれると思うて、木にのぼってやっとるんだ。全く困った奴等だ」

口惜しそうにノゾキ屋は言うが、困った奴とは自分らのことではないか。全くわけがわからんな。この連中は。

馬鹿馬鹿しくなり、A君と更に公衆便所を求めて歩きまわったが、一向に見当たらん。

眼が闇になれるにしたがい、右、左の叢《くさむら》におるワ、おるワ。雑草のようにだき合っている連中が。こっちが横を通りすぎても無視した顔しておる。

「A君、みろや。嘆かわしいことだ。濁世だ」

「こっちァ、それどころではない。便所はないか。便所は……もう洩りそうだ」

恍惚とした男女、無我夢中の男女、羽化登仙の男女の間をよろめくようにして歩きながら、A君、たまりかねたか、

「ブッ」

放屁《ほうひ》すると、びっくりしたようにムクムクとアベックが体をはなす。

「ブッ」

また一組起きあがる。ブッ、別の組も離れた。

甘いささやき、あつい抱擁の最中に色気のない男が便意にたまりかねて、あっちこっちで放屁してまわるのだから、これは百年の恋もさめよう。同情を禁じえない。

「なに、あの音」

「いやだなア。ぼくらの夢がだいなしだ」

やっと公衆便所を見つけたのが十時半。それよりA君に別れを告げ、夜半、柿生の庵に戻ったのであった。

いやはや、全く暑いな。しかして退屈であるな。

嫁いじめを復活させよ

心にもない仏づらはもう捨てよう

昔なつかしい老人像

暑いな。しかして退屈である。

鼻毛引きぬきつつ、一日中、くうだらん事を考えておるのである。どうせ何をしたところで、こっちは社会にとって無益無用の存在であるから、暑い日はあまり動かずに鼻毛をば引きぬいているに限るのである。

しかし何だなあ。拙者《やつがれ》は今後、一体どうなっていくのかなあ。若い折はそんなことなどトンと考えもしなかったが、近頃のように尿《いばり》の数も多くなり、朝も早く目がさめ、物憶えもわるく、

「その話はもう前にききましたがな」

時々、人にそう言われてみると、やはり同じことを繰りかえししゃべっているようだな。拙者は初めてその話をきかせておるつもりであるが。

同じ老人になるなら、拙者はこういう年寄りになりたいの。つまり何だ。小指の爪を長くのばし、時々、それで耳の穴をほじくりながら爪の先についた黄色いアカをフ

ッと吹きとばし、中指には大きなハンコ用の指輪をはめて、口には金歯を入れ、爪楊《つまよう》枝《じ》をくわえて、できるだけチュッチュッと下品に音を立て、列車にのれば、すぐスリッパをはきチヂミのシャツにステテコ一枚になって団扇《うちわ》でパタパタ股なんかあおぎ、

「ああ、暑い。暑い」

あたりかまわず通路を歩きまわる。外人なんかビックリした顔をしてもかまわない。文化人なんかがヒンシュクした目でみてもかまわない。

つれて歩く女も、次のようなのがいいな。安物の着物に色つき足袋に下駄をひっかけ、これも金歯がギッシリで、羽織の中に両手をちょっと入れて、チョコチョコとせわしく、

「おお、さぶ。さぶう」

そんな女性がいいな。

バーなんかたまに行っても、女給たちに、

「おい、チップやろうか」

大きながま口から銅貨を一枚、一枚だし音をたてておく。そんな年寄になったら面白いだろうな。

何をくだらんことを考えておるのか。世の中ではみんなは今日も一日一生懸命、働いておるのだぞ。お前もくうだらんことば思案せず、少しは、人類社会に裨益《ひえき》するよ

うなことを思いついてはどうだ。しかしまアいいでしょう。誰も彼も精力善用、自他共栄、勤倹貯蓄、奮励努力ではあんまり無駄がなさすぎる。くうだらんことも世の中には必要だア。

しかし何んだなあ。年寄りと言えば近頃は本当の年寄りらしい年寄りはいなくなったなあ。元来、年寄りというものは頑固頑迷で、若い者を小馬鹿にし、昔はよかったななどと今を見くだしていたもんだ。それが今の年寄りときたら、若い者にどうも理解がありすぎる。理解してるんじゃない。理解ありげにみせかける方が生きやすいからだろうなあ。

「いや、近頃の若いもんも偉いもんですよ。彼等も彼等で悩んでおりますからなア」

そういうワケ知り顔の老人が会社にも文化界にも随分、ふえたが、あれは嫌なもんだな。老人が若い者におべっかを使うようになったのは、世もセチ辛く、そうでもしなければ生きていけんからだな。食いっぱぐれるし、名声も保てなくなるのがこわいからだろうな。つまり、あれは老人の狡《ずる》い阿諛《あゆ》追従《ついしょう》だなあ。

むかしの老人はそうではなかったな。嫌われようが憎まれようが、物わかりなんぞ一向によくなく、古いと言われようがフフンとそっぽをむき、新しいものはみんなダメと言ったもんだよ。ああいう老人に拙者、やはり好感をもつなあ。

いじわるバアサン歓迎

老人の美風のうちで、最近、姑婆《しゅうとめ》さまの「嫁いじめ」が都会で見られなくなったのは、まことに残念である。近頃の家庭ではいかにも物わかりよさげな姑が「うちの嫁はほんとうにいい人ですよ」などと言い、嫁は嫁で「こんなにやさしい姑さま持ったあたしは倖せ」などと女学生の友情ごっこに似たような見えすいた愛情ごっこを他人にみせつける傾向があるが、姑と嫁とは川が低きに流れるごとく、憎みあってこそ姑と嫁なのであって、それが本来の姿なのである。姑が最近いかにもやさしげになったのも、むかしと違って「家」がなくなり家庭の中心が嫁に移ったから、食いつないでいくために嫁の機嫌をとる必要があるからで——世の若い妻たちよ、これら偽善的婆さまの戦術にひっかかってはならぬ。

また世の婆さまも心にもない仏づらはもう捨てて、本来、女の持っている鬼の姿にかえるがいい。そのほうが、どんなに正直で、偽善的でなく気持ちがええヮ。

むかしの姑は渋柿をわざわざ嫁の目の前でむいてやり、

「さア、おたべ。疲れたろ。ほんとに、よう働いてくれるの」

そう言って一切れを食べさせ、

「甘かろう、この柿は」

それぐらいの立派な芸当はしたもんだ。

お風呂だって、拙者の知っとるある姑はわざと自分が嫁の入る前に入り、その時、湯をできるだけ使っておく。嫁が入浴する時には風呂桶に身をかがめても、膝の半分までしか湯も残っておらぬ。

そこで嫁は湯舟のなかを這《は》いまわり、手で湯をすくって体にかけるという始末で、これをじっと硝子《ガラス》戸のかげから見ておるんだな、姑さまは。

「湯加減はどうだい」

猫なで声でそう言う。

「よく、あたたまって出なさいよ」

いやはや、スゴかったなあ。むかしの姑は。これが姑、本来の姿であって、こうした姑が、あんた一朝一夕で、ニコニコ、物わかりいい優しい婆さまに変ると思いますか。そんな阿呆らしいことはないのであって、彼女たちに何かの打算、何かの考えがなければ、物わかりいい姑となる筈はない。だから拙者はイヤなんだなア、知人の家などに行って、

「本当にできた嫁でございますよ」

「うちじゃア、姑さまがあたしと義男さんと映画に行ってこいと奨めて下さるんですよ」

そんな背中にジンマシンの起きるような愛情ごっこの会話をきかされるのは。

本当の話、近頃の若い嫁は少しツケあがっておるのではないか。むかしは亭主がご出勤とあらば三時間前におき、朝食の仕度はもとより、洋服、ハンカチ、財布にいたるまでキチンとそろえ、靴もみがいてお送りしたもんである。それがどうだ。今の亭主は自分で冷蔵庫から牛乳だして飲み、こそこそと靴をはいている頃、女房はあのネグリジェとかいうメリケンコ袋の洗いざらした奴をきたまま、頭に仏壇の金具のようなものをベタベタつけ、

「はい、今日のお小遣、百円」

あくびしながら銀貨一枚を彼に手渡すのである。今の女房たちは電気冷蔵庫、電気洗濯機、掃除機などのおかげで、ほとんど働くことがない。むかしの嫁のように寒中、手をかじかませながら赤ん坊のオムツを洗った経験もない。それを、

「便利になって結構な話じゃないか」

年寄りたちが、いかにも理解ありげなことを言うからいけない。今の若い妻たちの精神はいけないのですよ。断じて。むかしの嫁にくらべ。

だからこそ、鍛える必要がある。彼女たちを叩きなおすため、もう一度、姑の嫁いびりという日本伝統の嫁教育を復活させるべきと思うがいかん。

人生のことを語りたい

自分の本当の顔をとりもどすとき

なぜか涙が流れてならぬ

年のせいかなア。近頃、妙な時、ふいに涙が眼ににじむようになってな。不意に何ともいえん哀しみに襲われることがある。

いい年をして、と自分でも恥ずかしいが、どうにもこらえようがないな。

たとえば、退屈をまぎらわすため、映画館にはいって、くだらん西部劇をみているとするな。黄昏《たそがれ》の曠野《こうや》を二十人ほどの騎兵に護衛されたホロ馬車の列が、ある地点まできて、ここで騎兵隊と別れることになる。

「ではわれわれの任務もここで終わります。みなさん、しっかり今後やって下さい」

騎兵隊の隊長はそう言って挙手の礼をなし、部下二十名と馬首をめぐらせて、今来た道を戻っていく。ホロ馬車の人びと——老いも若きも男も女も、砂塵をあげて去っていく騎兵隊の姿をじっと見つめている。

よく、あるでしょうが、こんな場面。

ところが、こういう場面を見ていると、急に涙が不覚にもにじみ出るのだなあ。

夜の電車にのっている。電車のなかに一日の勤めで疲れた人たちが、あるいは居眠りをしたり、あるいは吊り皮にぶらさがって新聞なんか読んでいる。そういう人のよごれた顔をぼんやりと見つめ、何げなく窓に顔をむけると、線路ぎわの一軒の家の、暗い灯をつけた窓が不意に眼にうつる。一瞬のことだが、暗い灯の下で卓袱台《ちゃぶだい》をかこんで母親と二人の子供が食事をしている光景がみえたのだな。すると、なぜかしらんが、不意に哀しみが心にあふれ、眼に涙がたまるのだなあ。

なぜだろう。年のせいかなあ。年のせいで気が弱くなったのかなあ。昔は決してこんな詰らんことで、むやみに心を動かされたり、涙ぐんだりはしなかったのだ。まるで十七、八のセンチな女子学生みたいじゃないかと、自分でも恥ずかしいのだ。

だが、これは自分だけかと思っていたらA君も同じらしいな。あいつもワシと同じような詰らんことに、やはり急に哀しみを催すらしいな。

だがなぜか知らぬと言ったが、この哀しみの裏にあるものが、自分でも何となくわかるような気がするんだ。あるいはまちがっているかも知らんが。

黄昏の夕陽のあたる曠野をホロ馬車隊と護衛の騎兵がわかれていく。夜の電車で何げなくみた一軒の家の窓――親子三人のわびしい食事。ああいうものが不覚にも涙をもよおさすのは、それらがきっとワシやA君の年齢に至った連中の胸底に、人生とか人間というものを不意に感じさせるからにちがいない。

ふと生きることの哀しさが……

映画のあの場面は一種、どうにもならぬ人間の別離の哀しみを、小さな家のまずしい夜の食卓の光景は、人間のいじらしい幸福への願いを、急に感じさせるからにちがいない。

A君もこのワシも、自分ではいつも若い、若いつもりで今日まで毎日をぐうたら送ってまいりました。しかし、ぐうたらでも人生の集積というものは何処かにあるようだ。他人をそれほど不幸にもしなかったかわりに、だれをも幸福にしないぐうたらな集積をつみかさねているうちに、理屈ではなく、心で、気障な申しようだが、人間のいじらしさ、生きることの哀しさは、凡人は凡人並みにだんだん、わかってきたような気がするの。

そうだよ。情けない話だが、いたずらに馬齢をかさねて、ワシたちは結局、そのくらいのことしかわからなかったよ。しかし今、人生、黄昏の光りにあたりながら、うしろをふりかえる時、それくらいのことしかわからんかったことも、それで仕方がなかったのだと、一種、諦《あきら》めの気持ちで思うのでな。旅人が自分のトボトボと歩いてきたひとすじの道をふりかえる。夕暮れの微光が山にも畑にもその道にもさしている。自分と同じように誰かが歩いている。あいつも旅をしておるのだと旅人はわが身から推して、その人の道中のことを考える。そんな心境に遂にわれわれもなったのだなあ。

人生をふりかえる所

諸君。諸君がもし生活に多少とも退屈し、おれはこのままでええんやろうかと、ふと思われることがあれば——、いやいや、きっと、そう思われるにちがいない。会社のかえり、西陽のさす街をひとり歩いておる時、夕立の終わったあとの雲をアパートの窓からみておる時——そう思われたならば、ワシは諸君に一つの場所に行ってみることをお奨めする。それは病院だ。できたら大きな古びた大学病院などがええ。夕暮れの大きな病院には、窓々に灯がひとつひとつともる。遠くからそれを見ていると、まるでうつくしい夜の客船のように目にうつるかもしれん。だが病院とは、生活のなかで他人にみせる仮面ばかりかむっているワシらが、遂に自分の素顔とむきあわねばならん場所だ。わしは長い間、病院生活をやっとったから、これだけは確実に言えるのだが、夕暮れに灯がうるむ病院の窓では社会での地位や仕事がなんであれ、自分の人生をじっとふりかえる人びとが住んでいる。病苦のおかげでみんな、そうせざるをえんのでなア。

ワシらの生活には仮面をぬいで、自分の素顔とむきあおうとする時はそうざらにない。いや、ひょっとすると、素顔をみることが怖しいのかもしれんなあ。

いつも黒眼鏡ばかりかけている若い連中が、ちか頃、ふえたろうが。あの一人の野末陳平君にその理由をきいたことがある。そうしたら、こう答えたな。

「むこうの顔はこっちから見えるが、こっちの素顔は相手にわからんからね。それに黒眼鏡をかけると、自分が別の人間になったような気がする」

仮面をぬぎすてるとき

自分が別の人間になったような気がする。それは仮面をかむるということだな。黒眼鏡をかけることによって、別の自分を世間にみせるということだな。しかし、別に黒眼鏡をかけなくてもワシたちは、本当の顔を他人にみせておらん。会社では会社むきの顔をつくり、恋人には恋人むきの顔をつくり、家庭でもやっぱり家庭むきの顔をつくっておるのよ、ワシたちは。あんたも、そうだろう。

えらそうなことを言う文化人先生だって同じだろうな。ベトナム問題を論ずる時はベトナム問題むきの顔をつくり、大衆に迎合する持は大衆に迎合むきの顔をつくっておるのだな。そしてわれわれもこれらの大説家たちも、今や、次の自分の本当の顔はどんなものであったか、わからなくなってきたのだなあ。

「ぼくの素顔はどんなものだったでしょうか」

ひょっとすると、われわれの間にはこんな質問をとり交すこともふしぎでないかもしれん。

しかし、人間が一瞬だけだが、自分の本当の顔をとり戻す時が、人生にはかならず一度はあるもんだ。それは、ワシらが息を引きとる時。生命の力が次第に失《う》せ、死の翳《かげ》が夕靄《ゆうもや》のように迫ってくるあの瞬間、はじめてワシらの長い人生の間に他人に見せていた仮面が蒸発して、自分だけの顔を夕映えのように浮かびあがらせる。だから、デス・マスクといわれるものは「死顔」ではなく「素顔」と訳すべきかもしれんのだ。

話が何だかムツかしう、湿っぽくなったなあ。こんな話が気楽な読物でないことは、百も承知しておるが、しかし読者よ。ゆるして下され。たまには鼻毛引きぬきつつ、拙者も、人生のことをしんみり、みんなと語りたい。

照れくささのない人間

その動物なみの恥ずかしさ

トイレのカガミにうつる顔

銀座は並木通りにV……という喫茶店があって、近頃はとんと行かんが、昔はそこの菓子がうまいので、時々寄ったことがあります。ところが、あんた、この喫茶店に通ううち、拙者、奇妙なことに気がついた。

その奇妙なことというのはな——。

トイレにはいった者がみんな変な顔をして出てくるのである。照れくさいような、困ったような、あるいは憤然としたような、それぞれ表情はちがうが、どうも平静ならざる面もちでトイレからあらわれるのである。

なぜであろう。そう思うたから、拙者もある日、その便所にはいってみた。すると、なんと、前後の壁が鏡になってな、自分が用を足している顔がハッキリ見えるのですワ。

あんたら、自分が用を足しておる顔をみたことがおありかな。何とも、間の抜けた、締りのない表情であるなあ。あの時の人間の顔は。

（ははア。これだて）

そこは鋭敏な拙者のことだ。ここに来る客がトイレをすませたあと、なぜ変な顔で出てくるのか、その理由がなるほどとのみこめた。それから面白いので、できるだけ便所にちかい入口の席に腰かけて珈琲《コーヒー》をばチビリ、チビリ飲みながら、はいっては出てくる連中をじいっと観察しておった。特に興味をひいたのは、若い女の子たちの顔だなあ。真っ赤になって、怒ったように出てくるのだ。

目が顔にあるということ

諸君らはこういう出来事に会えば、単純にああ愉快、これは傑作と、友人たちにふれまわるのが関の山であろうが、そこは狐狸庵。この市巷の一事からも、ふかあい人間観察をなす。

こう思うたな。目が顔についているおかげで、われわれは自分の素顔を見ずにすむ。おのが表情の動きも知らないですむ。だからこそ恥ずかしい思いもせず、毎日毎日、生きていけるのだと。

そうだろうが。もし、あんたの目が指の先か、掌についておってな、一日中、あんたがあんたの表情を見ることができたら、これは実に恥ずかしいことですぞ。さっきも言うたように、便所で用を足している間抜けたあんたの面貌を見ざるをえないのは実に恥ずかしいことですぞ。便秘症の女が厠でウンウン気ばっている自己の顔を一度でも見たら、彼女はまことに死にたいと思うだろう。

あるいは、あんたは喫茶店なんかで女を口説けなくなりますぞ。「ぼかあ、令子さん。あなたと一緒にいると心がしずまるような気がするんです。あなたが存在していると考えただけで、全身が幸福感にみたされるんです」他人がきいたら背中にジンマシンでも起きるような気障《きざ》あな言葉を平気で女性に言えるのも、それはあんたがそのときの自分の表情を見ないですむからだ。そのときのいかにもシンコクげな、いかにも誠実げなおのが作り顔を見たら、どんな厚顔な男でも（自意識というものがある以上は）

「こりゃ、いかん、こりゃ、たまらん」

今まで口からペラペラ出ていた愛だの恋だのという気障な言葉も凍結してしまうだろう。用便や恋の告白だけではない。われわれが生きていくためには恥ずかしいことをともかくもそう感じずに、われわれがやっていけるのは、諸君、目が顔についているからですぞ。自分の表情を見ないですむからですぞ。

どんな醜男《ぶおとこ》でも、どんな醜女《しこめ》でも、三分のウヌボレをもてるのはそのためだ。いわゆる文化人が、髪をパラリと額にたらし、

「人生は実に孤独ですな。そしてその孤独にわれわれは耐えていかねばならん。耐え

ることから人間の結びつきがはじまるのです」などと、講演会やラジオやテレビで、（よくもまあ、恥ずかしくもなく）言えるのも、なんだなそのときの自分の偽善的な面を知らないですむからではなかろうか。もし彼の目が掌か指についておれば、とてもとても、あんな気障なことはよし真実でも、とてもとても口にだせんのではなかろうか。

モンテーニュかモンテスキューか忘れたが「人間と他の動物を区別するのは、照れくささを知る、知らないにある」と言っておったが、これは至言だな。

女には自意識が足らん

あんた。犬がウンコをするのを見たことがおありか。

拙者は夕暮れなんか、犬が道ばたでウンコをしているのを見ると、実に人生落莫たる気持ちにとらえられるなあ。二本足で立って、目を白黒させ、ウンウン気ばりながら脱糞している犬の姿ほどわれわれに「ああ、生きていくのはイヤだ」と考えさせるものはない。しかし犬は人間のように照れくさいことを知らんから、ああいう恰好を平気でするのであろうな。

あるいはまた拙者は後楽園なら後楽園でナイターなどを見ておると、人生嫌悪の情に突然かられることがあるな。スタンドにはぎっしり一万人の観客が埋まっておる。

諸君、あれを見て、何も感じんか。何も考えんか。拙者、あれを見るたびに、この一万の観客が地上に生まれるためには、少なくとも二万の男女が（つまり彼らの父親母親が）相も変わらず恋だのラブだのの感情にかられ、恋だのラブだのの行為をしたあげく、この観客がはきだされたのだということが——瞬間的に頭にひらめくのだ。そして、「ああ、つまらん。ああ情けない」

と、人間嫌悪の情にかられるのである。

しかし、こういうことは人間にとって実におっ恥ずかしいことにかかわらず、群集には自意識とか照れくささはないから、平気で「柳田ガンバレ」「王ちゃん、頑張ってチョ」などと叫ぶのである。

犬や群集には自意識や照れくさいと思う気持ちはない。それから人間のうちでも政治家と女にはあまり、この照れくさいという気持ちはないようだなあ。

それが証拠に、あんたの古女房などがときどき、発作にでもかられたように、あんたにより添ってくることがあろうが。月の照っている夜など、

「美しいワ。婚約時代、思いださない？」

いい年をしているのに、娘みたいな声まで作って、こっちの腕をとったりする。ああいうことをされると、男というもんは、背中にジンマシンでも起きるような気がしてな、照れくささにたえられず、

「ブッ」わざと大きな屁《へ》を一発放ってみせるものであるワ。

「あなた、まだ、あたしのこと好き？」

「ブッ」これでいいのだ。自意識や照れくささを知らん古女房や女性などを遇するには、これでええのである。

もうひとつ、女にいかに照れくささがないかを知るためには、結婚披露宴に行くがよい。そして花嫁さんの先生だったと称する女史たちのスピーチをきくがいいな。

「咲子さん。いいえ。昔、あなたが学生だったと同じように、咲ちゃんと呼ばして頂戴。先生はさっきから、咲ちゃんの倖せそうな花嫁姿を見て――（涙声をつくり）――よかった。いいえ。本当によかった。嬉しい。本当に嬉しい。そう思って泪《なみだ》を抑えてたんですよ。いいえ。これはあたしだけでなく、あなたを教えた日本女子高校の先生たちすべての気持ちです。あたくしがあなたを前から立派なお嫁さんになると信じていたのは、お掃除当番のとき、あなた一人、モクモクとして働いているのをチラッと見たときから、そう堅く信じてました。どうかわが校の名誉のため、咲子さん、いいえ、咲ちゃん、立派な立派な（泣きまねをして）家庭をつくって頂戴」

テーブルの男客たちが、白けた顔をしているにかかわらず、こういうスピーチを蜿《えん》蜒《えん》としてつづけられる女史たちを見ると、まことに女には自意識がないことを、諸君、感じんか。

ケチ合戦

狐狸庵対ドクトル・マンボウ

どうしてくれる五万円？

昨年の夏、一か月ほど軽井沢に住んだ。軽井沢に住んだといえばあんた、聞こえはええが、なあに、知っとる人が自分の別荘をタダで貸してやると言うでな。タダなら借りな損だと思うたのだ。

ところがその別荘ちゅうのが文字通り軒は破れ、ひさしは落ちで、何しろ大正十二年に建ったそうだから今日まで四十数年風雨に曝《さら》され、カビとシミだらけだな。床をふみぬいたことも一度ある。ふみぬいた所には、味噌ヅケ入れた箱の丸い蓋を打ちつけておいたがな。家主の知人が知ったら怒るだろ。

だが、ここに住んだため、ひどい目に会った。

第一にこの軽井沢にはえらい先輩が多すぎてな。猫の額のような町の東西南北に先輩文士がウジャウジャ住んどる。朝夕の菜を買いに表通りを歩くと、その人たちにバッタリ会うて、

「ほう狐狸庵、お前が来とるのか」

まるで火星人間が地球にあらわれたようなふしぎな顔をされるで、こっちもこっちでペコペコ頭をさげなならん。それが嫌で日のあたらん林や裏道をコソコソ歩いたもんだ。ところがこの林や裏道には夕暮れになるとブヨが出るのでな。

「あッ、痒《か》ゆッ」

そう思ったらもう、あかんよ。足のくるぶしに針でさしたように血の一点ができて、みるみる膨れてくる。一日すると、もう人間の足か象の足かわからんようになってくる。ビッコ引き引き、歩くとまた具合わるく、先輩に会って、

「どうした、狐狸庵」

心の中で、あんたらがこの町におらねば、この拙者も表通りを堂々、歩けるものをと恨めしいな。

それからこの先輩たちとの仕事できた出版社の若いジャーナリストが、つぎつぎと拙者のところを骨休みの場所にしてな。

「ああ、疲れたよ疲れたよ。××先生のところに行ったんだが、すわりずくめで肩が張ってしもうたよ。一寸休ませて下さい」

そう言って上りこむから、こっちの注文に来たのでもないジャーナリストに、茶も出さないかん。トウモロコシも焼かな、ならん。ところが、

「ちょッ。トウモロコシか。酒ないですか。ビール、ビール」

ビール飲んで飯くって、

「さあ、これで疲れが治ったと。一寸、東京に電話かけさせてもらうか。……もしもし編集長ですか。××先生の原稿とれました。苦心しましたよ。まだ印刷にあいますか。はいはい、承知。わかっとります……」

一分二百円の電話を長々と東京と話しつづけて、揚句《あげく》の果て、

「さいなら」

と帰ってしまう。これでは拙者には一文の儲けにもならんどころか、出しっ放しではないか。

軽井沢に避暑にこられる××先生、○○先生、△△先生よ。みなみなさまのために拙者が軽井沢で蒙りたる被害五万一千五百円ナリ。（うち、ブヨ治療代、千五百円をふくむ）

手土産はキュウリ三本

先輩ばかりで、チッたあ肩のこらん仲間や威張れる後輩は来んものかと、朝夕の買い物の折、コソコソと捜してみたが、友人たちは馬鹿ではない。こんな所には来んよ。ところが、半月が過ぎたある夕暮れ、

「ごめん下さい」

表で声がする。芋粥《いもがゆ》を渋団扇でたいていた狐狸庵、そっと窺《うかが》うと、毛ムクジャラの長足に、よごれた半ズボンをはいた、うすぎたない男が立っとって、

「狐狸庵さん、ぼく来たんです。ぼく来たんです」

別に招待したおぼえもないのに「来たです、来たです」と連呼するので、ふしぎと思ってつくづく顔をみれば、「来たです」ではなく北杜夫だ。みなさんご存じのドクトル・マンボウだがな。

「おう。キタか。キタか」

嬉しかったの。北ならば肩もこらん。畏《かしこ》まる必要もない。

「ボクはつい近所に昨日、キタですが、なにしろ一人暮らしの寂しさで……狐狸庵山人が近くにおると聞いたから、土産をもってとんでキタです」

やはり友人、来る時は手土産を忘れん。親しき仲にも礼儀あり。さすがは斎藤茂吉の息子。育ちがちがうと思うて、手にしている土産とやらを、そっと窺うと、あんた、しなびたキュウリ三本だ。

「これが土産？」

「そうです」

育ちがいい奴は悪びれんな。

「キュウリもみにして食って下さい」

キュウリもみにしようにも、陽なたに五日もさらしたようなキュウリはキリギリスでも食わんがなあ。と心で思ってもそうは口に言えんしなあ。

「まア、あがれよ」

「いや、ぼく、すぐ失敬します」

「まあ、いいじゃないですか」

「そうですか」

あがってきたな。あがってあかじみた半ズボンから毛ズネをボリボリかいて、

「かまわんで下さい」

そう言いながら、じいーっと、狐狸庵が晩酌にとっておいた一升瓶をみとるんだな。断っておくが狐狸庵、他にゼイタクはせんが酒だけは諸君とちごうて二級酒なんか絶対のまん。特級ばかりだ。

「少し飲むか」

「いや、かまわんで下さい。すぐ失敬します。ぼく」

「まあ、いいじゃないですか」

「そうですか」

コップに一杯のみ、

「かまわんで下さい。すぐ……そうですか」

二杯、三杯、四杯目になるともう自分で瓶を引きよせ、人の特級酒を惜しげもなくトクトクつぎ、

「いやあ、全く世はアサナワのように乱れておりますなあ。ぼくは三文文士より以下の一文半文士ですが、これでも世を憂えておりますぞ。最近は憂うるあまり、ソウ病にかかり、この病気の特徴として惜し気もなく人にパッパッと物をくれてやるようになりました」

(惜し気もなくパッパッとくれたのがキュウリ三本か)と心で思ったが、そうは口に出せんしなあ。

「ところで芋粥はもう煮えましたか」

「食べるか」

「いや、かまわんで下さい。すぐ失敬します」

「まあ、いいじゃないですか」

「そうですか」

例の調子で人の大事な晩飯までたいらげ、

「いやあ、全く世はアサナワのように乱れておりますな。ぼくは一文半文士ですが……」

わけのわからんことを呟《つぶや》きつづけ、酔眼モウロウ、アンマのような足どりで帰って

いった。

飲みしろは飲まれるし、飯まで食われるし、先輩にも会いたくないが同輩にもコリゴリと思うておると、この北杜夫、毎晩、必ず、わが飯がたけた頃をねらってピタリと来るんだなあ。その正確なこと日本製の時計のごときである。

「いや、かまわんで下さい。すぐ失敬します」

口でそう言うが、すぐ失敬はしない。あまつさえ、こちらが茶碗に飯を少しだけもると、

「もっと、飯をもって下さい。もれ」

それから毎日、彼がくるたびに、狐狸庵心中で（またキタ）と呟き、彼が飯をもれと言うと（またモレか）と溜息をつく。

まこと、あの男はキタ・モレオだと、早々に軽井沢を引きあげ、柿生の狐狸庵に戻った次第である。

女にはわからない男の美点

弱気な男、結構

社長と並んで立つとき

いつか。自意識ちゅうムツかしーいことについて、ちょっとふれたことあるが、きょうはその話をすべい。

拙者《やつがれ》は自意識のとぼしい奴ア、どうも苦手だなあ。自意識なんて書くと、えらく難解にきこえるが、なに、たいていの人間がもっていることだな。

自意識が自分にどの程度あるか、どうか検査するにはだな、そうだな、たとえば、つぎのようなばあい、あんた、どうするか、考えてみるといいな。

君がだ、会社に出る。そしてまあオシッコがしたくなったので、便所にいく。ところが、トイレのいくつか並んだ朝顔の列に一人の老人がただいま用足し中であって、そのほかには誰もおらん。しかもだ、その用足し中の老人というのが、ほかならん君の会社の社長だった場合、君アどうするか。その朝顔の横に社長と並んでたつか、たたんか。入り口で迷うか、迷わんか。つまり自意識が活動するのは、このような時だなあ。(ムツカシイ哲学的用語ノ説明モ狐狸庵先生ニカカルト、コノヨウニ平タアク、庶民的ニ、ワカリヤスウク、ワカルダロ。ネ、ワカルダロ。それをことさらにチンプンカンプン、ひねくりまわして説明する哲学教授と比較せよ。まこと教養が身についているとは、このようなことをいうのである)

風流を解する人

君はしかし決然、朝顔の前にたつ！　社長とならんで放尿しはじめる！　しかして、かの時、この時、君は黙々とキビシイー顔をして直立不動、オシッコをつづけるか。それとも、

〝何か言うべきだろうか。何か言わざるべきだろうか。ザト、イズ、クエスチョン！チョン、チョン〟

迷い、ためらい、ついに意をけっして、

「おはよう、ございますッ」

そう叫ぶだろうか。そして老社長からジロリと顔をみられ「用便中には挨拶せんでよろし」ひくいが威厳ある声で言われ「ハッ、わかりました。用便中は挨拶しません」そう答えるだろうか。このようなケースのばあい、君の自意識は七十パーセントだろうな。

ところが、自意識の百パーセントある男はどうかというと、これは朝顔の前にソロ

リソロリと立って、コソコソとボタンをはずし、前者と同じように迷い、ためらうのだが、結果が少しちがうのだな、結果が。どうちがうというと、彼はそおっと社長の顔をうかがい、チョビチョビッと放尿し、社長をまた、そおっとうかがう。そこで社長もキッとなって、こちらを睨《にら》みつけると、

「へ、へ、へ、へ、へ」

まあ何というか、泣き笑いというか、チンコロに塩をぶっかけたような、実に卑屈な顔をして頬に愛想《あいそう》笑いをうかべ、

「へ、へ、へ、へ」

「なにが、おかしいか」

「はあ、すみません……でした」

君がこういう男であるならば、君は拙者の友人だ。語るに足る人だ。真に風流を解する人だな。なぜなら、このへ、へ、へ、へには、彼の悲哀のすべてがこもっているのであって、この悲哀は人間の人生にたいするどうにもならん悲哀に通じているからな。

そしてこういう便所で社長にへ、へ、へ、といった仁はけっして会社ではパッとせんであろう。出世も遅れよう。なぜなら、彼は自意識欠除の連中のように、臆面もないことがつぎからつぎへといえたり、できたり、でけんからである。しかし君がそれ

をいかに嘆こうとも、その君の悲哀とやさしい心根はこの狐狸庵、よく知っておりますぞ。

たとえば、こういう仁は外国がえりの課長だがな、帰国早々、自慢たらたら、

「いやあ。外国ではな、日本語で全部、押し通してやったよ。だいたいだ。向こうの毛唐が英語をしゃべるからといって、何も俺たち日本人が英語を使うことはないぞ。ホテルでもレストランでもみな日本語だ。オイ、女、酒モッテコイ、そう怒鳴りつけてやると、びっくりして、それでもちゃあんと酒をもってくる。こうじゃなくちゃあいかんよ。毛唐の女にたいしてでも、〝オイ、俺ト遊べ、俺ハ日本民族ダ。ワカッタカッ。バンダノ桜ニ富士ノ雪、大和心ト人間ワバ朝日ニ匂ウ山桜カナ〟こういう日本語で言うてやると〝オー、ナイス、ワンダフル〟こう通じちゃってオー・ケーとくるんだな」

いい加減な出駄羅目《でたらめ》を吹いても自意識のない奴は、

「課長は豪傑だからなあ」

歯のうくようなお世辞をいえるだろうな。しかるに君はそんなお世辞をいうのがたまらなく照れくさく、といって、ただ黙りこんでいるのも不甲斐ないと自嘲にかられ、ただ阿呆のように課長の顔をポカーンとみるのだな。もし君がそうなら、狐狸庵、君のような人間が大好きだなあ。

女性にはわからない男の美点

またこういう御仁は学生の頃などもあまりパッとせんようだな。六大学野球リーグなどで、他の連中が肩をくみ、

都の西北　ワセダの森に
みよ　精鋭のつどうところ

愛校心にもえ「青春はええなア」「カレッジライフはすばらしい」などと、友情ごっこの真似みたいなのを神宮球場でやるとき、一人だけ両側の友人に肩をくまれ、半泣きみたいな顔をして「ミヤコ……ワセダ……モリ」などと蚊のなくような声で、いちおう、みんなの声にあわせている男がいるが、ああいう男は狐狸庵好きだの。なぜならこの男は、

「なんだ、野球の応援などクダらん」

そういい切るほど気力もなく、といって、まったく愛校心に陶酔するには照れくさく……そのどっちにもつけんのである。こういう仁は会社にはいっても、メーデーの日など、うしろから浮かぬ顔して足をひきずり歩いているワ。

こういう男の美点を女はけっしてわからんな。だいたい、女というのは自分にたいしては一足す一は三でもあり四でもあるような考えをもっとるが、男にたいしては黒

か白か単純な奴を男らしいと思うて好むからな。だから女はバカよ。

女はこういう自意識のある男を「弱気」とか「シャリッとしない」とかいって馬鹿にするな。しかして、さっきの課長みたいな「バンダの桜、富士の雪。女、俺と遊べッ」こういう手合いを、男らしいと感激するな。だから女はバカよ。

拙者の後輩に一人いたな、こういう男が、こいつ自分の好いた娘とデートすることにしてな。やっと人影まばらな鎌倉の海岸につれていき、黄昏の光りは波にひかり、波はしずかに、二人の足もとに白く泡だちくだけ、夏の思い出を思わせる貝がらや木の枝などをやさしくはこんでくる。遠くで外人らしい女が一人、白い犬をつれて散歩しているほかは人影はない。岬のむこうに、赤い硝子球のように夕陽がうるんでいる。

娘は彼が接吻してくれるのを待っていた。だから、ネッカチーフでつつんだ顔を海のほうに向けて、じっと黙っていた。そして今、自分におとずれる倖せへの期待に胸をおどらせていた。しずかだった。いつまでもしずかだった。あんまりしずかなので、彼女は少し恨めしげな眼で彼をみると、彼もじっと自分をみていた。

「泉さん」

するとその泉という青年、どうしたと思う。急に卑屈な笑をうかべ、チンコ巻のように顔をしかめ、

「へ、へ、へ、へ、へ」

そう笑ってみせるのだそうだ。

いい男ではないか。しかして哀しい男だの。〝こち吹かばにおいおこせよ　梅の花　あるじなしとて我な忘れそ〟お前、なに書いとるねん。へ、へ、へ。

怪　談（1）

幽霊屋敷探訪記

幽霊屋敷にあこがれて

もう六年ほど前になるかなア。急に感ずるところがあって日本中の「幽霊屋敷」という噂のあるところを実際に探訪し、ほんとに幽霊が出るかどうか、この眼で見てやるべいと思いたったことがあった。なんせ、ブラリ、ブラリとしている時だったからな。

そこでだ。某週刊誌に告知板という欄があるのを利用してな。知っとるでしょうが。告知板。

「皆さまのご近所で幽霊がでる、怪物が出るという家、もしくは場所があれば編集部あてお知らせ下さい」

そう広告をだした。

すると来たなア。五通、十通、二十通、日本の東西南北、ようこれほど幽霊がいると思われるほど、読者から連絡があった。

ところが、事はウマく運ばない。なかから面白そうなのを十ほどえらんでな、正確な地図、場所をお教え下されと、こっちが本腰になると、向こうさまの話が何やらスカシ屁みたいにスーッと逃げ腰になる。

「先日、お通知申上げました幽霊屋敷の件ですが、あれは私の祖父から聞いた話で、今はその建て物もなくなっております」

二通目の手紙は大体こうなるんだあ。

二十通来た手紙もこうして一つ一つあたってみると、信憑性《しんぴょうせい》がだんだんと薄れ、確実さを失い、あんた結局、残ったのは三つだけだて。

その一つが名古屋の旧中村遊廓にある某楼でな。

今日はその家に果たして幽霊が出たか否かという実話をみんなにしてやるべい。まア近くに寄って渋茶でも飲みながら聞いてくだされ。ただし、これは本当の実験談であるからそのつもりでな。

最初、この旧中村遊廓の幽霊屋敷の話は名古屋に住むSさんという方から告知板宛に知らされてきたので、それによると、

「中村遊廓ハ御存知ノヨウニ、赤線廃止後、タダ今ハ全クサビレテオリマスガ、コノ中ニ甚ダ奇妙ナ家ガ一軒アルノデス。ト申シマスノハ、前々カラコノ家ニ登楼シタ客タチノ間デ、アソコニ行クト、腕時計ガ夜、十二時ニナルト必ズ止ッテシマウ。マコトニ不思議ダト言ウ噂ガタッテイタカラデス。腕時計デナク懐中時計モ、ドンナ時計

モ、真夜中、十二時ニナルト、ピタリト止ッテシマウ。ナゼカ、ワカリマセン。ドウカ、コノ原因ヲ徹底的ニサグッテ下サイ」

こう書いてあった。

なるほど、もし、これが真実ならば、まことにもってマカフシギであると我輩思うたな。しかしそんな馬鹿馬鹿しいことが本当にあるのであろうか。とも角、汽車にのって名古屋まで行くべいと、その日の午後、東海道線にのりこんだ。

夕暮れ、名古屋につき、そこで早速、そのSさんをたずね、かくかくしかじか、探検に参りましたと告げた。

日がとっぷり暮れてから、Sさんにつれられ、この中村遊廓に出むいた。なるほど手紙にあったように赤線廃止後の色町は全くガランと人影なく、映画のセットを歩くようにうつろである。ここでSさんから旧遊廓の理事であり、問題の家の持主だったTさんに紹介されてその話をもっと詳しく聞いてみると、

「もう十何年前になりますが、十二月の終りの雪ふる日に、ここで一人の男が自殺しましてな、わしも憶えております。この男はここの女に惚《ほ》れとったですが、その歓心をえるため会社の金でたかい時計まで買ってやった。それでも相手にされん。そこでたまりかねて死んだというわけで。雪がえろう降っとった寒い日だが……」

「女も殺したのかの」

「イヤ、自分一人でだ」

「それから時計が十二時にとまるようになった。本当かの」

「へえ。お客さんたちも、ふしぎだ、ふしぎだと気味悪がられるかたが多かったようで」

赤線が栄えていた頃ならこんな話は商売にさしさわるから絶対に言うまいが、こう赤線も廃止じゃあ、ヤケのヤンパチにこの楼主もなっとったんじゃないかな。意外と包みかくさず話をしてくれた。

話をしてくれたが、できすぎとると我輩思うたなあ。なんやら寄席の怪談にでも出そうな話で……どうも本当か疑わしい。そこでじっと楼主とSさんの表情をうかがったが、二人とも真剣そのものである。

まあ、では、実際に見物してみるべいと、その家を案内してもらうことにした。

新品の目覚し時計を持参して

中村遊廓をご存じのかたは今更説明の要もないが、今どきあんな立派な遊廓は他の都市にはないんじゃないのか。

ここだけは空襲、戦災をまぬがれたらしくガッシリした昔ながらの建て物、庭園をそのままもった家々がずらりと並んでおり、江戸の吉原はこのようなものではなかったかと思うたぐらいであった。その建て物がみんなあき屋、庭も荒れ果てたままで……。

Tさんが鍵をあけ、ガランとした家に入れてくれると、まずプーンと畳の腐った臭が鼻についたな。庭の泉水、築山も形ばかりは元通りだが手入れをせぬゆえ、まるで「雨月物語」に出てくる廃屋のようであった。

「これが紅葉の間、これが鏡の間」とTさんは昔をなつかしむように、一部屋、一部屋案内してくれるのであるが……。

赤線廃止直後のこうした遊廓は何とも言えん薄気味悪さがある。数か月前までは男と女の体がからみあっていたそれらの部屋には、ベタアッとした陰湿な湿り気があってな。

「これが……問題の時計のとまる部屋で」

「というと、ここで男が死んだ?」

「へえ。女のカミソリで自分の手首を切って……」

Tさんは何とも言わんが、おそらく、その時は畳も血の海であったろうと思われた。

まだ九時すぎだったから、

「有難う。では十一時半にもう一度きましょう」

「お一人で」

「一人でもかまわんが、何ならSさんもご一緒に」

するとSさん、わたしにも妻子があることゆえと、何やら口のなかでモソモソ呟き尻ごみをされた。ならば仕方がない。一人で果たして時計がとまるかこの目でみようと考えた。

中村遊廓を出て灯のあかるい町に行き、一人で飯をくったな。名古屋というところは余りウマいものはないな。

それから時計屋に入り、一番安い目覚し時計を買った。チクタク、チクタク、この新品目覚し時計が果たしてあの部屋で十二時になるととまるか、調べるためである。

十一時半まで時間をつぶして、それから中村遊廓に戻った。

さすが夜もふけると、ここはさっきよりももっと暗く、人影などまったくなくなっておったな。

例の家に入ろうとした時、やはり我輩も気味わるかったの。話はいよいよ、それからなのだが……まあ一服しつかわさい。

怪　談 (2)

ウソでないホントの話

私はホントウに見た

さて前回では、名古屋旧中村遊廓に時計が十二時になるとピタリと停止するという幽霊屋敷のあることをお話しした。そして、好奇心にかられて、その家を訪れたところで……枚数尽きて、残念ながら筆をおらねばならなかったわけである。

ところで断わっておくが、これは実話である。いわゆる夏の夜話と称せられるような眉つば話ではない。

それはそのおり、名古屋で会ったS氏、T氏、及び落語研究家で知られている江國滋氏などが証言してくれると思う。この人たちに本当に拙者がその家を深夜、訪れたか否か、疑う向きは聞いて頂きたい。

で、なぜこのような馬鹿げたことをわざわざ拙者がしたかという理由は二つある。一つは性来の好奇心のためと、今一つはその前年に拙者、同業の作家、三浦朱門と一緒に大変、ふしぎなことにぶつかってな。

その話は今まで幾度か書いたから、ここではハショってお話しするが、その前年の冬、拙者と三浦朱門は熱海の東海道線にそった崖の上にある一軒の家で……出会ったのだ。生れてはじめて……幽霊というものに。

厳密にいうと、拙者はその声を耳できき、三浦はその姿を目でみた。一人ならば幻覚、幻聴ということもあろう。しかし二人がともに同じ時間、同じ場所でその幽霊に出会ったとしたら、これはどう考えたらいいのか。そして断わっておくが、それまで拙者も三浦も、

「幽霊なぞ、この世にいるものか」

合理主義も合理主義。たとえ、そんな実話談を人からきいても、

「俺の目でみない以上は信用できんぞ」

まア、相手には悪いがそう思っていたのである。そしていまでもそのようなふしぎな経験をしたあとでも、自分があの時、偶然、神経的に参って、そんな幻聴に捉えられたのではないかと疑ってみることさえある。

とにかく、それは小さな宿屋の離れで……三浦と拙者とは床を並べて寝ていた。枕元に電気スタンドと水さし、コップがあった。時刻は十二時半をすぎていた。

しばらく話をして灯を消して、ウトウトとしたら、だれかが右の耳にベッタリと口をあてる感触がした。そして「私は……ここで……死んだのです」といった。

目がさめた。イヤな夢をみたと思った。だから三浦を起こさぬようにまた目をつぶ

った。ウトウトッとすると、また……右の耳にベッタリと口があてられ、「私は……ここで……死んだのです」

今度は怖ろしかった。しかし三浦を起こせばこの作家兼大学教授の男は冷笑、嘲笑するだろう。

そう思ったからじっと我慢した。またウトウトとして……口が……「私はここで……」

拙者も思わず叫んだな。「起きてくれ。三浦」と。

「だれかが、気味のわるい声で囁くんだ」

すると三浦ははね起きた。はね起きて、

「ほんとか」

「ほんとだ」

「俺は見たんだ、さっきから三回。俺とお前の寝床の間にすわって、セルを着た若い男で、うしろ姿だが。目をあけるたびに見えてんだ」

歯の根が合わぬという言葉がはじめて嘘でないとわかったな。カチ、カチ、カチと鳴っておるんだ。歯が。そして逃げようという考えが頭にのぼってこない。ただ二人、じっと寝床にうつ伏せになって身じろぎしなかったな。一分後、

「逃げよう」

三浦が叫んで……二人、這うようにしてあの離れを出たな。出て庭の木の根に吐いたよ。汚い話だが。それ以上のことはもうここには書かんよ。同じ話を三度、四度話しとうないでな。

知ってしまえばオシマイ

ともかく、以上のような理由で、拙者、幽霊屋敷というもんに興味をもった。だからこの名古屋中村遊廓の問題の家にも目覚し時計を持って乗りこんだわけである。

ガランとした一軒の遊廓の空屋に深夜、いたことがおありか。あれはイヤなもんだ。いま、思いだしてもイヤあな気がする。どの部屋にも、どの部屋にも女郎と客との湿った陰惨なものがからみついているようでな。

でまあ、一室だけ電気をつけて、その部屋で目覚し時計と睨めっこしながら――正直な話いい気持ちはしなかったな。いっそのこと、帰ろうかと思うたぐらいだ。

チクタク、チクタク。

安物の目覚し時計ではあったが、音だけはよう鳴りおったわ。時刻は十二時五分前。それが四分前になり、三分前になり、二分前になるにつれて、何やら胸まで苦しゅうなってきた。

(本当に……時計は十二時にとまるだろうか)

とまったらどうしようという気持ちと、とまらなんだらガッカリだという気持ちとが交錯してな。わかるだろう。

一匹の蝙蝠《こうもり》が雨戸あけ放した庭から飛びこんできおって……。あれはレーダーがあるそうで、灯のまわりを巧みにかすめて、けっして壁にぶつからん。薄気味わるきことおびただし。

時計の長針と短針とが二つに重なった時はどうしようかと思った。とまったかって。とまったよ。こっちの胸の鼓動が。だが時計はとまらなんだ。チク、タク、チク、タク、十二時一分、二分、三分と長針が動くまで、拙者じいっとしていたのだからな。

(なんだ。馬鹿らしい。思わせぶりをさせやがって……)

読者のなかにはこう思われるむきも多かろう。拙者も小説家の端くれであるから、時計がとまったように創作でもして、読者を悦ばしてあげたいの。しかしウソはいえんのだ。これは事実談であって、夏の夜話ではないからな。

まア、待ってくれ。

拙者も拍子ぬけしたような気がしてたちあがった。そして何やら俺はひどく馬鹿馬鹿しいことをしてしまったという心理で部屋を出ようとした。廊下に出た時である。

かすかな、鋭い間隔のある音が聞こえたのである。階段をおりる足音のような、だれかが廊下の向こうから、こちらにゆっくりと近づいてくるような。

で、耳をすました。たしかに聞こえるな、拍子をとって、

トン……トン……トン。

女の足音だと思った。男にしては随分、力がなかったからである。ところが、その足音は一向に近づく気配もないのである。

トン……トン……トン。

同じところをじっと動かない。ぞっとしたな。逃げましたよ。あたりまえだ。背すじから水を浴びせられたような気持ちだった。外に出ても耳にその音がまつわりついていた。

さっそく、T氏にそのむねを報告しておいた。時計は十二時にはとまるなんていう話、あれは嘘だ。しかし、廊下で、異様な物音を聞いたとな。T氏、だまっていた。彼も自分の持ち家だけに気味わるかったのだろう。

あの音が何だったか判明したのは翌朝だ。T氏が若い者つれて家の中にはいり、調べたのだな。なあに、水道の水がトン、トン、トンとブリキの台に洩れ落ちていたのだ。わかった時は拙者も苦笑したよ。

若い頃は向こう見ずのことをするもので……しかし拙者、本当に幽霊をみてみたい。

男と女の生きる道

ある献身的なメス猫の話

あなたは狐型か狸型か

人間の顔にはな、狐型と狸型との二種類があるな。岩下志麻の顔、あれは狐型。団令子の顔、これは狸型。わかるだろうが。

会社で暇なおり、上役、同僚が狸か狐か、じいーっと観察してみるがいい。結構、おもしろいな。

わしは狐より狸のほうが何となく好きだ。なぜか知らんが、同じ人間をだますのでも狸のほうがやはり愛嬌があるらしいな。狐は本当に人間をだますが、狸はとぼけただましかたをするからな。

二年前、愛媛県のある農家でこういう出来事があったことを新聞で読んだ記憶がある。

その農家では、猫を沢山飼っていたそうだ。ある日、主人が縁側で昼寝をしていると、猫のようであるが、猫ともチトちがう声を出して自分の頭を通りすぎた奴がいた。目をさまして見ると、こいつが狸めでな。この狸、その農家の大きな厨《くりや》に半月ほど前から住みついて残飯を食っておったらしいが、猫声のまねをして家人をダマくらかしたらしいな。

家の主人は早速つかまえて、近所の小学校に寄付したとのことであった。写真も出ていて、キョトンとした目で檻の中にはいっている姿がうつっていて、愛嬌あったなあ。

やはり同じころ、鎌倉にも狸が出ていたなあ。これは鎌倉の普通の家にな、ある日、裏山から狸がおりてきて残飯たべているので、それから毎日、家人が残飯をおいてやると、今度は仲間と二匹で日参するようになってな。「チカゴロハ、キマッタ時間ニヤッテキテ、尾デ家ノ戸ヲタタキ、早ク飯ヲダセ、ダセト強要スルヨウニナリマシタ」と、その家人の談話が新聞にものっていたがなあ。

そのときもこれはいいと思い、願わくばその狸公二匹がいまも健在であり、小学校なんかや動物園などに寄付されず、いつまでも「早ク飯ヲダセ、ダセ」と現われることを願う次第である。

狸はいいなあ。わしは柿生（神奈川県）の山里に住むが、まだ野生の狸にはおめにかかっておらん。このあたりもいることはいるらしいがね。そのかわり、イタチ、野ウサギなどは散歩のおり、ちょくちょく見るの。

いじらしい猫の女房

むかし渋谷（東京）の長屋に住んでおったとき、猫を飼っておったな。メス猫でな。全身、真っ黒であった。

ところがだ。この猫に亭主がいてな。隣の左官屋さんのドラ猫で――この亭主はこれが猫かと思われるほど憎ったらしいまでに肥っておって、髭《ひげ》なんかも偉そうにピーンと左右にはねあがっとるんだな。そして人間なんか現われても、ジロリ、見るだけで、ニャアともミョオーとも鳴かん。生意気というか、傲岸《ごうがん》というか、そのくせ大のグータラでネズミ一匹とるわけでもない。一日中、左官屋さんのトタン屋根の蔭になっておるところで眠っておるのである。

女房の黒猫（つまり、わしの猫）は健気な奴で、いじらしいほどこの亭主に仕えていたなあ。

夕飯どきになり、わしが皿の中に鯛の頭、調味料をよくかけた汁ご飯（わしは当時食事だけは、ゼイタクであったな）を入れてやっても、自分は決して食わん。台所の外に出て、西日のカアッと照る隣家のトタン屋根のほうを見て、

「ミャウ、ミョ、ニョウ……ニョウ」

せつない、いじらしい声を出して鳴くんだ。つまりこの猫語を人間に翻訳すれば、ミャウはあなた、ミョは来い、ニョウ、ニョウは早く早くの意があるから（以下の猫

語は津田米吉博士著「猫語人語辞典」による)、

「あなた、いらっしゃいよ。早く早く、お食事よ」

と訳してもほぼ正解であろう。

ところがだ。亭主のドラ猫は女房のこの献身的ないじらしい声を聞くと、ありがとうも言わず、

「ア、アー、アッ」

と背中をのばして、のびをし、ガリガリガリ前足でトタン屋根をかき、偉そうにノッソ、ノッソ、ノッソと地面におりてくるのだ。

そして自分はネズミ一匹もとらぬくせに、彼はわが家の台所に堂々と上がりこみ、女房の食事を一口、二口たべる。そして、

「ミョー」(まずいッの意)

と唸《うな》る。すると、そばでな、小さく、うずくまっていた彼の女房は、

「ミュー、ミュー」(申しわけありませんの意)

かぼそく、哀しく、恐縮して泣くんだなあ。

可哀想なメス猫の最後

あの光景を毎日毎日、わしは夕暮れに見て、感動した。猫でも女房は夫のためにこ

うまで尽くす。婦道を守る。節婦の行為をする。偉い、立派。だが、それにしてもこのドラ猫の横暴は何だろう。人間の亭主だって、こんな無茶な我儘《わがまま》は女房にしない。君だって奥さんにこんな偉そうな真似はしないだろう。君の奥さんが、せっかくつくってくれた夕飯を一口、二口食って、

「不味いッ」

吐きだすように言うだろうか。そんな亭主はわれわれの間には断じていないと思う。そう考えるとわしはムラムラッとして、うちの黒猫のために怒鳴ってやったのだ。

「バカ者ッ。生意気なッ。わしは、お前の夕食代をつくるために狐狸庵閑話のような心血をそそぐ文章を書いておるのではないぞ、バカ者ッ」

おそらくわしの日本語―じゃない人間の言葉は、左官屋のドラ猫には理解し得なかったと思う。しかし、わしの鋭い語気と迫力ある怒面は相手に通じたにちがいない。にもかかわらずだ。

「ニィーッ」（フン、何ぬかすの意）

ドラ猫は少し歯をむき出し、わしを脅かすと、台所の戸の隙間から悠々と立ち去っていった。

女房の黒猫はその光景を震えて見ておった。可哀想に彼女の主人と亭主との間に板ばさみになり、孝ならんと欲すれば忠ならず、哀しげな目で、

「旦那さま、すみませんです。うちの人はあれでも根はいいんです。ただ我儘なんで……。ゆるしてやってくださいまし」

あたかもそう言うかのごとく、わしをじっと眺めるのだな。わしは憐憫《れんびん》の情にかられ、

「人間も同じだが、猫も悪い亭主をもつと苦労するなあ」

思わず、そう呟いたものである。

この猫は偉かった。というのはそれから一年後、わしが東都の騒音に耐えかねて、この柿生の里に引き移るとき、わしではなく、あの仕様もない亭主に操をたておって、荷物をつんだ小型トラックから飛びおり一目散に逃げていったからな。逃げ先はもとよりわかっておった。亭主のところだ。

そして、どうなったか。

わしがいなくなった空屋に一人住み、亭主は相変わらずトタン屋根の上でぐうたら寝てばかりいて女房のため働く奴ではないから、彼女だんだん痩せていってなあ（近所の人の手紙による）それでもこんな甲斐性のない亭主を見捨てもせず、「台風の日、雨にうたれてビショ濡れになり、痩せた体で近所のゴミ箱をさがし歩いているのが目につきましたが、それから見えなくなったと思ったら、用水池に彼女の死骸《しがい》が浮かんでいました」

近所の人からそう書いてきた。亭主のほうは哀しそうな顔一つせず、相変わらずトタン屋根で昼寝ばかりしているとのこと。

わしはその手紙を読んで、いわれなく感動したなあ。人間の男と女というものの関係も結局、こうではなかろうか。

それでも彼女を愛す

わが映画評

有馬稲子なんぞ知らんな

久しいこと庵《いおり》にとじこもって文明の湯に浴さず、戯れるものといえば、春は花、夏は鳥、秋は月、冬は雪と、さながらコイコイかバカッ花のような風雅な毎日を送っている拙者であったが、感ずるところあって、活動大写真を久しぶりに見んものと、勇んで東都に赴いたのであった。というのは、

「爺さん、映画など長いこと見んだろ」

遊びに来た泉という青年にいわれ、

「ああ、見んのオ。わしが映画を好んでみたのはメダマのマッちゃんや阪妻の時代だったからな。最後に見たのは、何だったか。新興キネマの大友柳太朗、初主演の〝サムライ日本〟ちゅう映画だったな。高杉早苗や桑野通子をスクリーンでみるたび胸ときめかしての、イ、ヒ、ヒ、ヒ、ヒ――あの女優らは今も健在かの」

「冗談じゃねえよ。高杉なんて、もうお婆さんだぜ」

「はて？」

「桑野なんて、その娘のみゆきが活躍してらあ。母親のほうはとっくに死んじゃったよ」

「はて？　面妖《めんよう》な」

「爺さん、何も知らんのだなあ。有馬稲子なんていう女優知らんのか」

「知らんな。むかし有牛麦子という女優がおって、えろう、のぼせたが……」

「じゃあ、前田美波里は」

「イバリ？　前田し尿《いばり》とはこれ奇妙な芸名であるの」

「イバリじゃない。ビバリだ」

というわけで、浦島太郎さながらな老いの無知を、この青年にさんざん嘲笑され、

「今じゃ、映画も大型だぜ。色彩だ。しかたねえなあ。じゃあ、連れていってやろう」

映画もみすてたもんじゃない

さて、その日が来るのが待遠しく、前日は庵の軒にテルテル坊主を結びつけ、握り飯三個竹皮につつみ、庵とりまく雑木林より栗や山柿などひろい、待ちに待ったるに。

そも、この渋谷とはそのむかし、渋谷氏という豪族の居住地にして、その山塞のあとは今も渋谷八幡の社をたずぬれば、そこはかとなく、しのばるる。

「道玄坂とはな、むかし、大和田道玄とよぶ盗人が、この坂にのぼり、通りがかりの

善男善女を襲うた場所であるな」

泉青年にせっかく、教えてやっても、この青年、通りすがりの善男善女ならぬピーチク、パーチクの女の子に気をとられ、折りあらば大和田道玄のごとく話しかけんと懸命なり。

映画のだしものは「ミクロの決死圏」。

いやあ、七十翁の拙者もびっくり仰天してしまった。なにしろ大型スクリーンに、色彩あざやかに画面うごき、天女のごとき美女、続々出現して年甲斐もなく目ひきつけられ、

「爺さん、楽しかったろ」

そう言われるまで、ポカンと口をあけっ放しであったぞなもし。

筋書申せばこうである。

時は二十一世紀。脳に怪我をした一人の男を救わんものと、医学者その他が細菌よりも小さく縮小し、（なにしろ二十一世紀の話であるから、これ可能なり）患者の血管に原子力潜水艦と共に沈入し、この血管を遊泳潜航――しかして脳の悪しき部分を体内において取り除かんと試みるなり。

されど途中に危険さまざまあり。細菌と同じ大きさの原子力潜水艦に大ショックあたえる心臓の鼓動。はたまた酸素の欠乏。あるいは人間体内において細菌を食う白血

球。

　かかる危険をいかにしてのがれ、いかにして克服し、かの患部に到達するかが、映画全編の見ものにして、

「うまいッ！」

「実に筋書のうまくできているものである」

　なるほど人間身体の内臓や細菌とたたかう白血球のことなど、どんなことでも知っているのであるが、これを逆利用してサスペンスにみちた話をつくるとは、なかなか思いつくものではない。

「映画もテレビに食われると聞くが、このような脚本ばかりなら、なかなかどうして、映画も見すてたものではない」

〝ミクロの女体圏〟がいいな

　客集めにはすぐエロと考える日本映画界に少し考えてもらいたい問題であるといえば、泉青年、アクビなどをする。

「しかし」拙者、少し声をひくめて「もしこの狐狸庵が、あの脚本書いたならば、もっとおもしろく話をつくれたろうにな」

「ほんとか」

「ほんとだ。ハリウッドも惜しいことをしたものよ」

「ふーん。では、どんな話だ」

拙者そこで煙草一服すいつけて、おもむろに話しはじめた。

すなわち、映画では患者を男にしたからよくない。これを若くて美しい女性にするのである。

「なるほど。それで」

しかしてこの女性の体内に潜航艇にて乗りくむ医者の中に、彼女の恋人を一人いれる。

あとは大体、映画のすじ書き通りであるが、しかし後半がちがう。患部を手術してな、さて体外に脱出せんとしたところ、キャプテン、航路をあやまり、患者の胃から腸に艇をすすめてしまった。この腸の中にて、艇のエンジンは故障するのである。艇はもはや動かない。電気も切れてしまった。危険はせまる。

さて、どうするか。

「ここが全編サスペンスのクライマックスだな」

「爺さん、それでどういう結末を与えるのだ」

「まア、せくな、せくな。一寸、煙草を一服」悠々とキセルに火をつけ、スパスパ。

「乗り組んだ医学者たちは考えた。このうえは潜航艇を患者体内の力で動かすよりしかたない。それには腸に刺激を与え、患者に大きな屁意を催そう。そしてその屁の力で潜航艇を体外に飛び出させるのだ。そう、医者たちは考えた」

「うーむ」

「そこで、全員、ガスマスクをつけ、この患者の腸に刺激を与えた」

「なるほど」

「たちまちにして腸は蠢動《しゅんどう》し、腸内のガスは凝集し――そして大発音と共に潜航艇及び乗り組み員は、女性患者の体外に脱出したのである」こういうウイットにとむが下品な話となると、泉青年の目は光るのである。

しかし、狐狸庵は、別のことを、この話を通して語りたかったのだ。

「体外に出て、元の大きさにもどった医者は、まだベッドに昏々と眠っているおのが恋人をじっと眺める。一時間前までは、あれほどアコがれ、うつくしいと思った女性も、自分がそのからだにもぐりこみ、胃はともかく、屁のこもった腸まで通過してみると――百年の恋も一時にさめるか――と思われる。彼は恋人にたいする夢を消したのだろうか」

「消したのか」

「いや、彼は同僚に決然、語っていう。わたしはそれでも彼女をやっぱり愛する、と、……」

生理にたいする精神の勝利をこれほど端的に表現できる脚本はないのだと、拙者、泉青年に語ったが、彼は、わかったようなわからんような顔をするのみであった。

迷惑な話

わが乗り物談義

ピタリ列車名を当てる

今度は乗り物の話をばいたそう。

狐狸庵の友人に阿川弘之という作家がいてな。昨今、「山本五十六」というベストセラーを書いたから、みなさんのなかにもこの本お読みのかたが多かろう。

この男が乗り物キチガイでしてな。乗り物なら飛行機であれ、人力車であれ、気が狂ったように好きなのである。

この大将と、このあいだ、旅行しましてな。汽車に乗った。と、車中、大将は、じいっと窓から線路を見ておる。窓外の風景じゃないよ、線路だ。そしてニタッと時々、笑うのだな。そのうち下り列車とわれわれの列車とがすれ違うた。すると大将、腕時計をじっと見て、

「ただ今、十三時四十二分。すれ違い地点、横川駅手前、六〇〇メートル。よってただ今の列車は長野発、十一時四十分、一、二等急行。寝台車なし。食堂車なし」

てなことをペラペラッと、まるで自動機械のように一人で呟《つぶや》いているのであるな。

すなわち彼の頭には、国鉄の時間表がことごとく暗記されているらしいのである。汽車だけではない。いつぞやも静岡の町を歩いている時、拙者が、

「大将、大将、ちょっと、空にただ今、飛行機が飛んどるがな。あの飛行機について教えてつかわさい」

するとと大将、じろりと空を見て、静かに、

「羽田発十時半。日航、福岡行き」

ピタリ、パッ、ただちに明確に答える。一体どうしてそんなに乗り物が好きなのかとたずねると、

「わからん。自分でもわからん」

世話やきが多くて困る

山登り屋がなぜ山に登るかと聞かれれば、「そこに山があるからだ」女好きがなぜ女が好きかといわれれば、「そこに女があるからだ」それと同じように、大将もそこに乗り物があるから好きなのだろ。

しかし何だ。昨今の汽車には情緒というもんが段々なくなってきたな。特に情緒のないのは飛行機や新幹線で、これはもういかにも忙しげなビジネスマンに非ずば、「思い出に乗ってみましょうよ」型の新婚夫婦のためで——あの新幹線に乗ると、列

車自体も「早いぞ。便利よ。儲かるよ」と呟きながら走っとるようでいかんなあ。それにあのビュッフェとやらにはいれば「早く食え。早くどけ」そんなふうに車輪の音がわめいているようだな。

だから狐狸庵、近頃は本当の旅したい時には新幹線などには乗らん。できるだけ、よごれたような昔ふうの汽車が好きだな。列車ではなく汽車的な汽車が好きだな。汽車に乗ると、上着もズボンも何もとってしもうて、ステテコ一枚になりスリッパはいて、扇子パタパタ気楽になっとる客がおるだろうが。あれ、なぜ文化人たちが「見っともない」というんかな。あれなんぞも情緒があるぞな、もし。

しかし、こういう汽車（列車ではないぞな、もし）に乗ると拙者のような気の弱い男がいちばん閉口するのはセンサク好きなおかたと同じ席にすわる時だな。

「私はなあ、岡山まで参りますが、あんたはどこに行かれますかな」

「はあ、静岡です」

「静岡ねえ、商用ですかな」

「いえ、親類がおりまして」

「ほう、親類がね。その親類はどこにお住まいですか」

「市内じゃありません。三保というところで」

「ほう、三保。三保なら私も知っとるが三保のどこですか、三保のホテルの右側ですか、左側ですか」

「左側です」(うるせいな)

「左側ちゅうと海側だが、親類の人のお仕事はやはり魚の関係ですか。それとも旅館ですか」

「どっちでもありません」(どっちでもいいじゃねえか)

「するとご商売は何ですか」

「わたしのですか?」

「いや、親類さんの。あなたのはあとで伺います」

「タ・バ・コ・ヤ。タバコ屋」(わかったか。馬鹿野郎)

「タ・バ・コ・ヤは儲かりますか」

こういうセンサク好きの客が隣に腰かけると目的地まで、しつこく人のことをほじくり迷惑千万であるが、しかしこれも旅情の一つだな。

見知らぬ拙者にむやみと物をくれる婆さまがいる。しかしこういう婆さまに限って必ず愚痴をこぼすから苦手なので、

「あんた……この握り飯、食いなさらんかの。遠慮せんでもええがな。食い残したのをこのまま捨てるのもハテ業腹なと思うておったが、それ、あんたが食うてくれれば捨てんでもすむんじゃもの。二日前に握ったもんじゃから少し臭うなっとるかもしれ

んけれど。腹こわさんじゃろ。あんた若いんじゃからの。臭うありませんかな。しかし、わしが善光寺さまに参るちゅうのに、うちの嫁は握り飯一つつくってくれんのだからね。このわしがよ、朝早う起きて自分でおマンマたいて、握り飯まで握らにゃならんのだから。その間、嫁は何しとると思うかの。亭主めと布団にくるまって眠ってござるワ。なあ、年に一度の善光寺さま参りじゃというのに、弁当もつくってくれん、そんな嫁があろうかの。あんた、どう思いなさる……」

人相が悪いとはなにごと

わしはこの柿生の里に引っ越したおり、タクシーでひどくコワい目に出会うたことがあったたな。その夕暮れに東京に出て、深夜、タクシーを拾った。初めて山里に車で帰るわけだから、こっちは道をまちがえんようにと、からだを前にのりだしておった。それに懐中も寂しい身だったから、メーターがピン、ピンとはねあがるのが気になってな……。

鶴川村というところから道が左に折れて山に入る。右も左も見えん真っ暗な闇。その時、タクシーの運ちゃんが突然、ぶきみなことをいいだしおった。

「十年前……旦那……、あたしゃ、人を殺しましてな」

深夜、山のなかで突然そういわれれば気味わるいがな。こいつ、物盗りかな、雲助かな、とすぐに考えたがな。

「殺したって……誰を」

「アメ公ですよ。海岸でね」

「そ、それで刑務所にはいったのか」

「はあ。臭い飯も食いましたよ」

わしはドアをあけて逃げようかと思うたが、逃げたところで相手は車で追っかけてくるだろうし、老人の身ゆえ、たとえ柔術二段でも、若い者相手では勝ちめもあるまい。仕方なしにわざと豪放に、

「ワッ、ハッ、ハ。そうか。人を殺したか。ワッ、ハッ、ハ」

そう笑うてみせたが、声が憐れにもこう震えておってなあ。情けない。ところがだ。どうやら庵の前に車がきた時、この人殺しの運ちゃん、何を思いけん、

「旦那、家があったんですねえ」

「あたりまえだ。私はここに住んでいる」

「そうか、よかった。よかった。さっきはウソをついてすみません。実は旦那を乗せた時から人相よくないし、いやだなあと思うとったらね。時々、ワシのほうに乗り出されるでしょう。首、しめられて売り上げを取られるんじゃないかとビクビクだったら、山の中にはいれ、という。こりゃテッキリと思うて、あんな嘘ついたわけで」

わしはいいようもなく腹がたってなあ。嘘をいわれたことじゃない。「人相がよくない」といわれたことだ。

だが、その話を別の日、タクシーに乗ったおり、別の運転手にいうと、その人は気の毒そうに、

「旦那は人相わるかないですよ。いい顔ですよ。いい顔だ」

こう慰めてくれたけどなあ。

当たった二十年前の予言

いまだにわからぬそのカラクリ

コックリさんの予言

「コックリさん」という占いを諸君、ご存じか。

もう二十数年前、三田の書生のころ、ある悪友がな、わしを誘って、芝の一軒の家につれていった。その家には出戻りの若い女性がいて、それが奇麗なくせに何かに憑《つ》かれたような顔をした人で、

「この人あ、コックリさんをやるんだよ」

と悪友がいった。

「コックリさん?」

わしがききかえすと、

「夜になったら、やろう」

と悪友はその女と笑ったな。

夕暮れになって、晩飯くって、それから夜がきた。コックリさんをいよいよやる時刻になったのである。

まず電気をうす暗くした部屋で、イ、ロ、ハ、ニと一つの文字を書きつけたカードを机の上に並べた。そして三本の箸の先端を紐でくくり、その一本ずつをわしと悪友がもった。窓をあけて女は大声でいった。

「コックリさん。コックリさん。何卒、わたしたちの質問にお答え下さい」

それから女はわしにむかって、

「さあ、何でもコックリさんにたずねてごらんなさいよ」

「そうだな」わしは唾をのんで考えた。

「俺、将来、何になるかなあ、それをコックリさんに訊ねたい」

と、二人がもった箸が何かに押されたように急に動きはじめた。だれか見えない手が勝手に箸を引きずっていくようである。箸の先は、机にならべたカードの「シ」の字にむかって進み、次に反転して「ヨ」の字をさした。眩暈《めまい》のしそうな感覚だったな。

「シヨ……」

女はわしらの代わりに声をあげて読んだ。

「シヨ……セ……ツ……カ」

「小説家？　へえ。俺がねえ」

その時のわしは思わず苦笑したが、小説家になろうとは毛頭考えておらんかったからだ。かかる荒唐無稽の返事をきいても、フフンのフンといった気持ちで信じられなかったのだよ。

その夜、色々な質問をだし、色々な答えをカードと箸とが答えたのだが、未だに耳に記憶に残っとるのは、この「ショ……セ……ツ……カ」と大声で読んだ女の声だ。

それから二十年、わしはともかく小説家になったが、それにしてもそれを予言したあのコックリさん遊びとはそも一体、何であろうとふしぎでならぬ。

われと思わん占い師は

まず考えられるのは、わしといっしょに箸をもった悪友が、あらかじめ作為をもって箸を押したり引いたりしたのではないかと思うが、しかしこの男もわしが「小説家」になるとは全然、考えておらんかったのだしな。たとえば「教師」とか「事務屋」とか出れば、まだ話はわかるのだが、思いもかけぬこの結果に彼が手をかしていたとは思えん。コックリさんは、立ち会い人の無意識の願望がおのずと出るという説をなす学者があるが、悪友にとってもわしにとっても「小説家」は、無意識の願望ではなかったしなあ。

今もってその謎、解せんのだな。どなたか読者のなかで、この「コックリさん」の秘密を知っとられるお方があれば、なにとぞ教えてつかわさい。

しかしそれはともかく、あんたら今晩でも家族同士でこのコックリさん、やってみんかいな。なに道具は簡単。さっきも書いたように部屋を少し暗くして、卓子の上にイロハ以下の文字をカードに書いてこれを並べる。箸三本をむすびあわせ、その二本を二人がもつ、あとは窓を開いて、頭をさげコックリさんにお願いするわけだな。

注意せねばならんのは、あんまりコックリさんに沢山の質問をすると、コックリさんが怒ってその家に「居着く」そうだな。そう、その女性が二十年前にいうとった。気をつけにゃ、いかんよ。

まア、これ以後、わしも占いに興味をもってな。東京の色々な占い師をたずねまわったものだ。

しかして、その結論は……いわゆる人間による占いは（東京都内のすべての占い師に限り）全く当たらんということだ。手相、カード占い、ゼイチク占い、透視術、占星術師など色々あるが、みんな思いつきをいうだけだ。これはわしの長年の経験で確信をもっていえるな。

この一文を読んで、そんな馬鹿なことはないと自信ある占い師がいたら、何卒、通知してほしいもんだな。むかしも某誌に「占い者に挑戦す」という文章を書いたが、かんじんのわしに反駁《はんばく》してきた占い師、自信ある占い師は一人もおらんかったのだ。それだけでも彼等に信念がない証拠だ。

「コックリさん」はまあ、ともかく、わけがわからんのに霊媒というのがある。

断わっておくが、これはいわゆる農村などで狐つきの婆さまが、自己催眠でギャアギャアわめく、あの霊媒じゃないよ。わしのいうのは「降霊術」という奴でな。

いまだに解らぬトリック

この実験を一度見たことがある。

三原橋のすぐ近くのある家でな。わしが紹介者につれられてその家にいった時は、すでに十五、六人ほどの男女が集まっておった。

まず司会者から、絶対に写真を撮らぬことという注意があり（これがトリックを使う証拠だとわしは思うたな）次に、椅子に坐った霊媒師の手足を誰か縛れという。わしは警視庁の友人から「縛り方」を学んだことがあったから、ある絶対的な方法で、この中年の霊媒師の手足をくってやった。

電気が消えた。そして、レコードでクンパルシータがなりはじめた。途端にわしのすぐ近くにあった机が動きはじめたな。机の上の夜光塗料を塗った人形がチャラチャラ、鈴の音を鳴らしながら空中を飛びまわりだしたな。

それからロームとかいう二世紀前に死んだチベットの霊の声がしてきたが、これはあきらかに腹話術の声であった。霊媒が腹話術を使っておるということは、わしにもすぐわかったなあ。

しかしだ。解せんことは、机や人形がなぜ空中に浮かぶかということだ。わしは初め、ハハァ、こいつは天井からピアノ線であやつっておるなとそう考えた。そこで目の前に飛んできた人形の上を右手でさぐってみたのだが、何もない。何もない以上、糸であやつっているとは思えん。

そのうち天井からゼリー菓子が落ちてきたり、筆がひとりでに（?）動きだして、色紙に字を書いたりしてな。こりゃあ、結構、おもしろいショーであった。

しかし今もって解せんのは、糸でぶらさげてない人形や机が、なぜ空中に浮動するかという点でな。今もってこのトリックがわからん。

もちろん、わしはそれほど神秘主義者でないから、右の現象がすべて何かの「トリック」を使っているものと思う。

で、長田幹彦氏や宮城音弥氏の著書をよむと、これらは暗幕のなかから霊媒があやつっているのだと書いてあるがな。しかしその説明ならば、人形をぶらさげる糸と竹竿がなければならん。その糸をわしは手で触覚しなかった以上、どうも疑問が氷解せんのである。

そこで、読者のなかに「コックリさん」と「降霊術」のトリックに詳しい方がおありなら、一寸、教えて下さらんかの。お礼としてわしは東京でおもしろい占いをやる仁をご紹介してもいいがの。

あなたも催眠術がかけられる

人間は未来を予見できる

さきほどわしは、少なくとも東京にいる占い師は、わしの体験からいってほとんど当てにならんと高言した。いまのところ、あの文章に憤激して「われこそは自信ある占い師なり」と訂正要求をしてくる占い師は一人もおらん。これが彼らに自信のない証拠だな。

女性は暗示にかかりやすい

わしは好奇心が強いから、人から「あれはよく当たる」と聞けば、少なくともそれが東京にあるかぎり、たずねてまわったもんだ。そして、わかったことは、人間とは、実に「ダマサレやすい」種族だということだったな。冷静に客観的に聞けば実に滑稽な、見ぬきやすい占い師の暗示や誘導尋問にコロリとひっかかって、自分から身の上を白状しているんだな。ことばでいわずとも顔色で返事をしてしまうんだな。

だが、それでは人間にはまったく奇妙な能力、未来を予見する力がないかといえば、必ずしもそうではない。

催眠術師などをみていると、アリャアリャ、自分にはとてもあんな珍しい能力はないよ、とみんな考えるようだが、これなど一時間もあれば太郎にも花子にもできる術だて。わしは友人に催眠術家がいるため、彼からかつて教えてもらったのだが、わずか一時間でその方法は会得したな。そこでその秘伝を今日は教えよう。

被術者は女房、こどもは避けたほうがええな。なぜかというと、あんたの女房、あんたのこどもは、どうしても、とうちゃんをバカにする気持ちがあるから、初心者にはふむきだ。で、まず、術にかかりやすい相手を選ぶことが肝要だて。

「術にかかりやすい相手」をみつけるには雑作ない。まず五人なら五人の女（バーでもあんたいったとき、実験してみるべい）にお祈りでもするように両手をしっかり組ませ、左手右手の人さし指だけをぐっと開かせて、その指先あたりをじっと注目させておく。これは何故するかというと、被術者の視神経を疲れさせ、暗示にかかりやすい心理にさせておくためだな。

さて、それがすんだら、あんたは自信ありげにこういう。

「開いた左右の人さし指がだんだん閉じてくる。閉じまいと思っても、だんだん閉じてくる」

ところがこれがフシギに、被術者の指は必ずといっていいほど閉じてくるな。勿論、それにはすぐ閉じる女もあれば、かなり時間のかかる女もおるよ。君はそれを観察して、すぐ閉じた女性を自分の催眠術の相手に選ぶのだ。この女は暗示にかかりやすいタイプだからだな。

さて、相手ができたら、この女性を直立させて、今度は両手を前に平行に出させてみる。

「両手がだんだん閉じてくる。閉じまいと思うても閉じてくる」君はそのことばを幾度もくりかえすのだな。「まるで……磁石が両手にあるように、すーっと吸いつけられてくる。両手がすーっと吸いつけられる」

すると奇妙キテレツ。必ずといっていいほど被術者の両手はしだいに合わさってくる。

「さあ、今度はその手がだんだん開いてくる。掌と掌との間に風がはいったようにだんだん開いてくる」

またまたフシギ。ぴったり合った掌がまた開いてくるな。

わしのこの話を聞いて、

(なんや。オッちゃん、また嘘いうてはるワ)

そう思われるかもしれんが、だまされたと思うてやってみい。十人中、五人まではこの簡単な催眠術を三十分で実行できること、堅く保証しておこう。いや十人中、五人とはいわん、

(ぼくにも、できる)

そういう信念さえあれば君にもできる。あなたにもできる。バーのホステスにやってごらん。家庭じゃあ駄目よ。家族というものは大体、君をバカにしとるからな。

以上ができたら、もうあとは簡単。トントン拍子に催眠術の奥義がわがものになる。どうだ。狐狸庵もときにはなかなか、おもしろいことをいうじゃろが。

自己催眠をかけてみよう

催眠術などは特殊な人だけに与えられた能力ではない。だれにでもできるのだ。というのは人間、だれにも、自分でも知らぬ、気づかぬ六感とか、未来を予見できる能力があるのであって、ただ、それを引き出す力がないのだな。

地震や洪水のある前には蟻や動物の移動があるだろ。あれはこれらの虫や獣にも未来の災害を予感する能力があるからで――もともと人間にもあるのだ。

「オッちゃん、嘘こくな」

じゃあ、今夜から、わしのいうことを実行してみい。

まず、小さなノートとエンピツ。

これを枕元に用意するな。そして就寝前に自己暗示をかけておくな。

「ボクは夢をみたら、すぐ目がさめる。ボクは夢をみたら、すぐ目がさめる」

だからといって、その夜からすぐこの自己暗示がきくと思うたらアカンよ。だがこれを一週間、連続して行なうと、本当に夢をみるとすぐ目が開くようになる。

目が開いたら、たったいま、自分がみた夢をノートに書いておきなさい。

これを毎日つづけよ。眠うて、そんなことはできんという仁はやめたほうがよし。それでも頑張るという男だけに、あとでまこと不可思議な現象が起こるじゃろ。その現象とはな、君が夢でみたことは未来の君に起こることだということだ。

(阿呆くさ。そんなことあるもんか)

読者のなかにはここまで読んでガッカリして呟く人もあるじゃろ。しかしねえ、これは狐狸庵の説じゃなかとですよ。ダーンちゅう英国の心理学者がな、「夢と時間」という本に書いておることだ。

つまりこの学者の考えによるとな、さっきもいったように人間にも未来に対する予知能力はある。そしてその能力はしだいに退化したのじゃが——しかしいまでも「夢」となって現われてくる。

夢の中でみた風景は、必ず一年さき、二年さき、三年さきに現われる。あんたらもときどき、はじめてみた風景を前にして、

「あッ、これ、どこかで見たの」

そう気づき、さて何時、何処で見たか、どうしても思いだせんことがよく、あるじゃろ。あれは、あんたが「夢」で昔、見ておったんじゃよ。しかし「夢」でみたから

もう忘れてしまっておるんだ。

夢で会った未知の人についても同じことがいえる。その人にあんたはいつかは会うじゃろうとね。こうダーン氏は「夢と時間」という研究書に書いとられるな。それじゃあ狐狸庵、お前、実行したかといわれると困るんだがの。何しろ一度寝てしまえば前後不覚な男じゃから。

ただ、そういうマズメな夢と予見能力についての本のあることもお知らせしとこう。ま、それはそれとして、さっきの催眠術な、今日から会社でもバーでもやってごろうじろ。忘年会のかくし芸にももってこいだ。

運命を知る知恵

合理主義ではとけぬ占い師の存在

なくては困る身の上相談

いつかも拙者は、自分の調査によると易者などというものは当たらない。もし本当に自信がある人がいるならば拙者に名のりでてほしいと、こう書いたのだが、いっこうになんの音沙汰もない。やはり自信のある易者などはいないのだと思う。だからといって誤解のないようにいっておくが、拙者はけっして易者の存在を否定しているのではない。易者はやはりなくては困るのである。

第一に、あれは庶民の身の上相談役、グチの聞き役だと私は思っている。外国には教会の神父さんがいて、それがみんなの身の上相談にものってやり、女房のグチの聞き役もしてくれる。胸にたまったものを「他人に聞いてもらう」だけで、われわれの心は慰められるもので――この社会にはグチの聞き役は必要なのである。

しかし、日本には手軽なグチの聞き役が最近なくなってしまった。昔は大家さんというのがいて、店子の夫婦に喧嘩があれば、それぞれのいい分を聞いたり、身の上相談にのってやったりしたものだが、いまのアパートじゃ、隣に夫婦の喧嘩があれば、

早速聞き耳たてて、

「もっと、やれ、やれ。やらねえか」

心中、そう叫んでいる手合いばかりになってしまった。われわれの周囲を見まわしても、人生相談、グチの聞き役はすぐ見つかるわけでなく、そういうときには街に出て、裏路に灯をつけている易者に何となく意見を聞くしかない。そういう意味で、日本の易者は当たる当たらぬではなく、こっちの胸にたまったことや心配を「聞いてもらう」手軽な相手なのである。

第二に易者というのは、何ともいえん滑稽味のある存在で、一杯ひっかけたあと彼らがいかにも学ありげに述べたてることを神妙に聞くほどおもしろい遊びはない。第一にそんなに人の人生、運命を知りつくせる知恵があるなら、ご当人こそ大道易者などやらず、もうチト出世しそうなものなのに、己《おのれ》のことはまったく知らぬ顔のところが甚だオモろいな。

「前世ではあなたの奥さん」に

そういうわけで、拙者は暇があれば易者、占星術師、透視家などによくいったわけだが、そのコボレ話を二、三してみると――。

名前はいえんが、ある占星術師と三年ほど前ヒョンなことから親しくなった。この御仁は、外見はいかにも哲学者らしき風采をして、しきりにムツかしいことをいうが、二、三度、会っているうち、いうことがその時々の思いつきに過ぎぬこともだんだんわかってきた。

しかし銀座のホステスなどを彼に紹介してやると、彼は拙者のためいろいろ、気を使ってくれて、

「ウーム。この星をみるとおもしろいことがわかった」

などとしたり顔でいう。ホステスが膝をのりだし、

「まア、何でしょうか」

とたずねると、彼は星座の地球儀をまわしながら、

「あんたは前世でこの狐狸庵氏の妻だったらしいぞ。いや冗談や嘘じゃない。奇妙なことだが、星の計算でそう出ているのだ。いやフシギだ。こういうことがあろうか」

まことマズメーな顔をしてそう呟いてくれる。

ホステスははじめは半信半疑であったが、相手がニコリともせず大真面目なので、

「ほんとかしら、信じられないわ」

「私も信じられんが、星の計算表がそう証明している。自分でもなぜこんな結果がでたかわからぬ。しかし、あんたが前世でこの狐狸庵氏の細君だったことはたしかだ」

ここまでいわれれば、ホステスも心のどこかで本当かしらと思うらしく、その次、

拙者がそのバーにいくと、いつもと違うんだなあ。サービスが。

「前世で、あたし、あなたの奥さまだったのかしら」

「そうらしいなあ」

「どんな生活してたのかしら、あたしたち」

勘定もやかましくいわんし、その額もなんとなく安くなっている。拙者はそこで随分この占星術師に感謝したものだな。

演出された星占い

で、ある日、その恩返しではないが、彼の家に遊びにいったとき、

「なあ。オジさん。生意気だが、ぼくがひとつ、オジさんを演出してみようか」

「ワシを演出する？」

「そう。オジさんを国籍不明の大占星術師ということにしよう。ぼくが知人の夫人たちを集めるから、占ってみたらどうだ」

拙者の知人には、占いの好きな夫人たちのグループがあり、彼女たちがこの占星術師先生の後援をしてくれれば、今後、大いに彼のためよろしからんと、そう思ったのでな。

そこで、某テレビ局の演出部の友人に相談し、都内のホテルの一室をかりて、夫人

たちにきていただいた。われわれは例の占星術のオジさんに頭にターバンを巻かせ、白いインドふうの衣を着させて、一室のテーブルに威厳ありげに腰かけさせた。

友人がもう一室で夫人たちに御挨拶をしている間、拙者は占星術師にA夫人、B夫人、C夫人などについての予備知識をそれとなく教えたわけだな。

「いいか、A夫人はお子さんが一人。現在そのお子さんの進学問題に頭を悩ましておられる」

「ふむ。なるほど」

「だからオジさんは彼女には、あなたはお子さんで悩んでおられますな、と、冒頭にいえばよい」

「よし、よし」

「B夫人は癌ノイローゼだ」

「わかった、わかった」

これくらいの予備知識ならば教えても罪にならんだろうし、あとはこの占星術の御仁がそれを活用して、夫人たちの悩みに希望を与えてくれるよう頼んでおいたわけだ。

やはり先入観はイカン

こうして会が始まったわけだが、拙者と友人が別室で待っておると、占星術先生と話のすんだA夫人も、B夫人も、プリプリするか、浮かぬ顔をしてあらわれてくる。

「どうしました」

「どうしましたじゃないわよ。てんで当たらないじゃないの」とB夫人。

「はア」

「はアじゃないわ。子供のいないあたしに、あなたはお子さんの進学問題で悩んでおる、というし」

「はア」（これは困ったことになった）

「まア」とA夫人が「あたしは癌ノイローゼでしょ、といわれたわ」（あいつメ、A夫人とB夫人とを間違えやがったな）

つづくC夫人、D夫人、みなプリプリして、拙者いたたまれず、友人と早々に逃げ出したが、あとで占星術の先生は相当にトッちめられたらしいな。やはり占い師に先入観みたいなものを親切心で与えると、それが助けになるどころか、邪魔になることが、これでようわかった。

もっとも、この占星術の先生とは、いまでも時々つきおうている。この合理主義すぎる世の中で、彼のような星の運命を本気で信じる御仁と会うと、なんだか、曇天に青い空を見つけたような気がするでなあ。

あとがき

私はこの本に関する限り、あとがきなど必要ないと思っている。なぜなら、『ぐうたら生活入門』というこの本を買い求めた人は（ほかに高尚にして深遠な題の本が山ほどあるのに！）すでに私と同じく、ぐうたらの味、ぐうたらの意味、ぐうたらの復権を知っているに違いないからだ。その人たちのために、私の大好きなトルコのことわざを送ろう。

「明日出来ることを、今日するな」

一九七一年十二月

著　者

本書は、一九七一年十二月に刊行された角川文庫を底本としています。

本書中には、キチガイ、妾、脳足りん、狂女、うすノロ、ビッコ、毛唐、アメ公といった、現代では使うべきではない差別語、並びに今日の人権擁護や医療知識の見地に照らして不適切と思われる語句や表現がありますが、作品発表当時の時代背景、作品自体の文学性などを考え合わせ、底本のままといたしました。

（編集部）

ぐうたら生《せい》活《かつ》入《にゅう》門《もん》

遠《えん》藤《どう》周《しゅう》作《さく》

昭和46年 12月30日　初版発行
平成30年 8月25日　改版初版発行
令和7年 3月5日　改版8版発行

発行者●山下直久

発行●株式会社KADOKAWA
〒102-8177　東京都千代田区富士見2-13-3
電話　0570-002-301(ナビダイヤル)

角川文庫 21090

印刷所●株式会社KADOKAWA
製本所●株式会社KADOKAWA

表紙画●和田三造

●お問い合わせ
https://www.kadokawa.co.jp/（「お問い合わせ」へお進みください）
※内容によっては、お答えできない場合があります。
※サポートは日本国内のみとさせていただきます。
※Japanese text only

ISBN978-4-04-106334-7　C0195

JASRAC 出 1805745-508

◆◇◇

角川文庫発刊に際して

角川源義

第二次世界大戦の敗北は、軍事力の敗北であった以上に、私たちの若い文化力の敗退であった。私たちの文化が戦争に対して如何に無力であり、単なるあだ花に過ぎなかったかを、私たちは身を以て体験し痛感した。西洋近代文化の摂取にとって、明治以後八十年の歳月は決して短かすぎたとは言えない。にもかかわらず、近代文化の伝統を確立し、自由な批判と柔軟な良識に富む文化層として自らを形成することに私たちは失敗して来た。そしてこれは、各層への文化の普及滲透を任務とする出版人の責任でもあった。

一九四五年以来、私たちは再び振出しに戻り、第一歩から踏み出すことを余儀なくされた。これは大きな不幸ではあるが、反面、これまでの混沌・未熟・歪曲の中にあった我が国の文化に秩序と確たる基礎を齎らすためには絶好の機会でもある。角川書店は、このような祖国の文化的危機にあたり、微力をも顧みず再建の礎石たるべき抱負と決意とをもって出発したが、ここに創立以来の念願を果すべく角川文庫を発刊する。これまで刊行されたあらゆる全集叢書文庫類の長所と短所とを検討し、古今東西の不朽の典籍を、良心的編集のもとに、廉価に、そして書架にふさわしい美本として、多くのひとびとに提供しようとする。しかし私たちは徒らに百科全書的な知識のジレッタントを作ることを目的とせず、あくまで祖国の文化に秩序と再建への道を示し、この文庫を角川書店の栄ある事業として、今後永久に継続発展せしめ、学芸と教養との殿堂として大成せんことを期したい。多くの読書子の愛情ある忠言と支持とによって、この希望と抱負とを完遂せしめられんことを願う。

一九四九年五月三日

角川文庫ベストセラー

どくとるマンボウ航海記　北　杜　夫

水産庁の漁業調査船に船医として5ヵ月半の航海に出た著者。航海生活や寄港した世界各地の風景や文化をめぐり、ユニークな文明批評を織り込んで綴った型破りの航海記が、装い新たに登場！

青の炎　貴　志　祐　介

秀一は湘南の高校に通う17歳。女手一つで家計を担う母と素直で明るい妹の三人暮らし。その平和な生活を乱す闖入者がいた。警察も法律も及ばず話し合いも成立しない相手を秀一は自ら殺害することを決意する。

硝子のハンマー　貴　志　祐　介

日曜の昼下がり、株式上場を目前に、出社を余儀なくされた介護会社の役員たち。厳重なセキュリティ網を破り、自室で社長は撲殺された。凶器は？　殺害方法は？　推理作家協会賞に輝く本格ミステリ。

狐火の家　貴　志　祐　介

築百年は経つ古い日本家屋で発生した殺人事件。現場は完全な密室状態。防犯コンサルタント・榎本と弁護士・純子のコンビは、この密室トリックを解くことができるか!?　計4編を収録した密室ミステリの傑作。

鍵のかかった部屋　貴　志　祐　介

防犯コンサルタント（本職は泥棒?）・榎本と弁護士・純子のコンビが、4つの超絶密室トリックに挑む。表題作ほか「佇む男」「歪んだ箱」「密室劇場」を収録。防犯探偵・榎本シリーズ、第3弾。

角川文庫ベストセラー

ミステリークロック　貴志祐介

外界から隔絶された山荘での晩餐会の最中、超高級時計コレクターの女主人が変死を遂げた。居合わせた防犯コンサルタント・榎本と弁護士・純子のコンビは事件の謎に迫るが……。

コロッサスの鉤爪　貴志祐介

夜の深海に突然引きずり込まれ、命を落とした元ダイバー。現場は、誰も近づけないはずの海の真っただ中。海洋に作り上げられた密室に、奇想の防犯探偵・榎本が挑む！（「コロッサスの鉤爪」）他1篇収録。

ダークゾーン（上）（下）　貴志祐介

何だこれは!?　プロ棋士の卵・塚田が目覚めたのは闇の中。しかも赤い怪物となって。そして始まる青い軍勢との戦い。軍艦島で繰り広げられる壮絶バトルの行方と真相は!?　最強ゲームエンターテインメント！

狂王の庭　小池真理子

「僕があなたを恋していること、わからないのですか」昭和27年、国分寺。華麗な西洋庭園で行われた夜会で、彼はまっしぐらに突き進んできた。庭を作る男と美しい人妻。至高の恋を描いた小池ロマンの長編傑作。

青山娼館　小池真理子

東京・青山にある高級娼婦の館「マダム・アナイス」。そこは、愛と性に疲れた男女がもう一度、生き直す聖地でもあった。愛娘と親友を次々と亡くした奈月は、絶望の淵で娼婦になろうと決意する——。

角川文庫ベストセラー

肝臓先生　坂口安吾

戦争まっただなか、どんな患者も肝臓病に診たてたことから〝肝臓先生〟とあだ名された赤木風雲。彼の滑稽にして実直な人間像を描き出した感動の表題作をはじめ五編を収録。安吾節が冴えわたる異色の短編集。

明治開化　安吾捕物帖　坂口安吾

文明開化の世に次々と起きる謎の事件。それに挑むのは、紳士探偵・結城新十郎とその仲間たち。そしてなぜか、悠々自適の日々を送る勝海舟も介入してくる……世相に踏み込んだ安吾の傑作エンタテイメント。

こんな女もいる　佐藤愛子

「自分は全然わるくないのに、男のせいで、こんなに苦しめられている……」女は被害者意識が強すぎる。失恋が何ですか。心の痛手が貴女の人生を豊かにするのです。痛快、愛子女史の人生論エッセイ。

こんな老い方もある　佐藤愛子

人間、どんなに頑張ってもやがては老いて枯れるもの。どんな事態になろうとも悪あがきせずに、ありのままに運命を受け入れて、上手にゆこうではありませんか。美しく歳を重ねて生きるためのヒント満載。

BUNGO　文豪短篇傑作選

芥川龍之介・岡本かの子・梶井基次郎・坂口安吾・太宰 治・谷崎潤一郎・永井荷風・林 芙美子・宮沢賢治・森 鷗外・他

芥川、太宰、安吾、荷風……誰もがその名を知る11人の文豪たちの手による珠玉の12編をまとめたアンソロジー。文学の達人たちが紡ぎ上げた極上の短編をご堪能あれ。